追憶

新・剣客太平記 九

岡本さとる

時代小説文庫

角川春樹事務所

目次

主な登場人物紹介

峡《はざま》竜《りゅう》蔵《ぞう》◆直心影流の道場師範を全うしながらも、若き頃からの暴れ者の気性が残る熱き剣客。

綾《あや》◆竜蔵の亡き兄弟子の娘で、幼い頃からの道場での妹分。現在は竜蔵の妻。

竹《たけ》中《なか》庄《しょう》太《だ》夫《ゆう》◆筆と算盤《そろばん》を得意とする竜蔵の一番弟子であり、峡道場の執政を務める。

神《かみ》森《もり》新《しん》吾《ご》◆竜蔵の二番弟子。峡道場の師範代を務める。

網《あみ》結《すき》の半《はん》次《じ》◆竜蔵の三番弟子。目明かしならではの勘を持ち合わせている。

国《こく》分《ぶ》の猿《えん》三《ぞう》◆竜蔵の十二番弟子。半次の乾分《こぶん》。

猫《ねこ》田《た》犬《けん》之《の》助《すけ》◆竜蔵が信頼を置く友。大目付・佐原信濃守の側用人を務める。

雷《らい》太《た》◆竜蔵の六番弟子。庄太夫の養子。

団《だん》野《の》源《げん》之《の》進《しん》◆直心影流第十二代的伝。当代一の剣客。

追憶

新・剣客太平記（九）

第一話　ちょいと一杯……

一

「何だい、来てくれたのかい。ちょいと一杯やっていっておくれ……」

文化《ぶんか》十年(一八一三)の春を迎え、しばらくそれが峡竜蔵《はざまりゆうぞう》の口癖となった。

方々への挨拶廻《あいさつまわ》りが終ると、三田《みた》二丁目の剣術道場には、次々と来客があった。

かつては、一人で迎えた正月もあったが、それを思うと、

「まったくありがたいことだ」

つくづくと感慨が湧《わ》いてくる。

弟子は三十人近くにもなり、稽古場《けいこば》に続く母屋には、妻子も内弟子も住んでいる。

「まず、お蔭《かげ》さまというところさ」

竜蔵は一人一人に丁寧に声をかけ、酒を勧め、日々上機嫌で過ごしたものだが、今年もまた一息ついた頃《ころ》にやって来たのが、御用聞《ごようき》きの網結《あみすき》の半次《はんじ》と国分《こくぶ》の猿三《えんぞう》であった。

「ふふ、いつもながら、親分は気配りの人だねえ」

竜蔵はニヤリと笑った。

「気配りなんてとんでもねえ……」

半次は照れ笑いを浮かべるが、

「いやいや、おれも四十二になったのさ。それくれえはわかるさ」

と、竜蔵は労《いたわ》るような目を向ける。

竹中庄太夫《たけなかしょうだゆう》、神森新吾《かみもりしんご》に次いで、半次は三番目の峡道場の門人である。

今まで、どれだけ峡竜蔵を蔭で支えてきたかしれぬ男なのだが、

「あっしなんかが、古参の弟子などとは、おこがましゅうございますよ」

武士でもない自分は、竜蔵から時に武芸の手ほどきを受けるだけで、ありがたいのだと、いつも峡道場の行事には、ほんの少し顔を出すだけで、晴れがましいところには出て来ない。

この日は一月七日で、江戸における松の内最後となった昼下がりに、乾分《こぶん》で同じく門人の国分の猿三を伴ってやって来たというわけだ。

半次も五十半ばとなった今、御用聞きとしての仕事はほとんど猿三に任せているが、〝大親分〟と呼ばれ、まだまだ芝《しば》、三田界隈《かいわい》で睨《にら》みを利かせている。

竜蔵も、落ち着いた頃に半次に話しておきたいこと、訊《たず》ねておきたいこともある。

その辺りの事情を見越しての来訪と、竜蔵は受け止めている。

「お見受けいたしましたところ、ご安泰《あんたい》のようで何よりでございます」

半次は居間に通されると、新年の挨拶《あいさつ》に続けて、頭を下げてみせた。猿三もこれに倣《なら》う。

昨年は夏から秋の終わりにかけて、峡家は尾木廉三《おぎれんぞう》なる剣客の逆恨《さかうら》みに遭《あ》い、不穏な日々が続いていたから、廉三を討ち果し、すっきりと迎えた新年が、半次の目にも祝着に映ったのである。

「ああ、実に安泰だ。その折は、親分方にも随分と世話になったよ」

竜蔵は、綾《あや》と雷太《らいた》に酒肴《しゅこう》を運ばせて、ゆったりと盃《さかずき》を傾けながら笑顔を返したが、

「おれよりも、両親分はどうなんだい、このところは二人共、あまりご機嫌が麗《うるわ》しくないように見えるがな」

すぐに、悪戯《いたずら》っぽい目を向けた。

半次と猿三は、痛いところを突かれたようで、

「先生にお気遣いをいただいていたとは、あっしらもまだまだ修行が足りませんねえ」

「こいつは、畏《おそ》れ入ります……」

二人共に、頭を掻《か》いた。

「まあ、おれも四十二だからな……」

竜蔵はまたそう言うと、二人に酒を勧めた。

五十を過ぎてからは、稽古に出ることもめっきり少なくなった半次であった。

猿三の方は、まだまだ腕を磨いて、御用の役に立てたいと思っているものの、今では半次の縄張りを〝国分の親分〟として仕切らねばならないので、なかなか思うにまかせない。

それでも、弟子として峡道場の役に立てることが楽しみな二人は、何かというと竜蔵の前に顔を出し、

「何か変わったことはございませんか？」

と、伺いを立てに来るのだが、このところそんな時の表情が、竜蔵から見て、

「どうも曇《くも》っているような気がして、仕方がなかったのさ」

若い頃は、人の想《おも》いなどに思い至ることもなく、湧き上がる自分の熱情に人を巻き込んでいた感があったが、そこは四十二歳となり、師範としての貫禄《かんろく》が身に備ってきた竜蔵である。今は、世馴れた半次を思いやれるようになっていた。

猿三は元より、半次は自分を気にかけてくれる人がいる幸せに浸《ひた》りつつ、

「こんな話は、いちいち先生のお耳に入れることもねえかと思っていたんですがねえ……」

どうにも気が晴れぬ日が続いている原因を口にした。

「先生は、玉《たま》かんの仁吉《にきち》を、覚えておいでで……？」

「玉かんの仁吉？　ああ、覚えているさ。何度かこの稽古場にも来たじゃあねえか。そういえば近頃見ねえが、奴《やつ》がどうかしたのかい？」

「それがどうもこうもねえんで」

「何かやらかしたのかい」

「やらかしたっていうより……」

「何もやろうとしねえんでございます」

半次の言葉を受けて、猿三が溜息《ためいき》交じりに続けた。

二

玉かんの仁吉は、青山《あおやま》辺りを縄張《なわば》りにする御用聞きであった。

久保町《くぼちょう》に小さな小間物屋を出し、御用に出る時は、女房のお豊《とよ》に任せるという、こ

の稼業の者にはよくある身過ぎである。

歳《とし》は猿三と同じで、三十六になる。

正義感と男気に溢《あふ》れ、お豊とは人も羨《うらや》む鴛鴦《おしどり》夫婦で知られていた。

ここぞという時は、お豊が愛用する玉簪《かんざし》を懐《ふところ》に忍ばせて臨《のぞ》むので、〝玉かんの親分〟〝玉かんの仁吉〟と呼ばれるようになったのだ。

お豊は、小体《こてい》な煮売屋の娘として育った。二親が仁吉の両親と仲がよかったのだが、親同士が決める前に、当人同士が惚《ほ》れ合っていて、お豊が十九、仁吉が三十の時に、晴れて夫婦となった。

そのうちに、互いの両親も亡くなり、子宝には恵まれないものの、その分夫婦仲はよくなる一方で、時に周りの者を呆《あき》れさせるほどであった。

父親の代から小間物の行商をしていたので、方々に顔が利き、腕っ節も強く、人から頼りにされていた仁吉を見込んで、

「ちょいと御用の筋《すじ》を手伝ってくれねえか……」

網結の半次が、青山界隈の事情を彼に調べてもらったのが十年ほど前のこと。

それがきっかけで、彼はこの地で御用聞きとなった。

それからは半次を親分と慕い、乾分は持たず、日々小間物屋を営み、時に御用を務

めてきた。

何ごとにも一途《いちず》な男であるから、半次が剣術を習っていると聞くや、

「親分のお邪魔にならねえように、あっしもそっと習うことにいたしやした」

と、青山界隈の町道場を何軒か回って、こっそりと武芸を学んだ。

半次はその姿がかわいく思えて、ある日のこと、

「ちょいと付合いな」

と、遠慮する仁吉を峡道場へ連れて行き、竜蔵に稽古をつけてやってもらいたいと頼んだ。

竜蔵が快諾せぬはずはない。

自ら稽古をつけてやり、

「お前はなかなか筋が好《い》いぜ。御用聞きよりも、剣客にしてえところだぜ」

と、声をかけてやるほどに、彼の腕を認めたものだ。

それでも、

「そんな、おからかいを……」

仁吉は真に受けることもなく、半次の縄張りを荒してはいかぬとばかりに、恐縮の体でその場を下がると、相変わらず方々の道場へ出向き、竜蔵から学んだ剣技をそこ

で試そうとしたのであった。

竜蔵は、そういうかわいげがある仁吉をますます気に入り、

「お前にも色々と段取りがあるだろうから、二月に一度は、必ずおれの稽古場に来な」

と、声をかけずにはいられなかった。

仁吉は、その言葉をも真に受けず、さりとて竜蔵の厚意を無にしてもいけないと思い、二月に一度は、遠慮したものの、忘れた頃に半次についてやって来て、竜蔵に教えを乞《こ》うたのであった。

竜蔵の言葉は、おだてではなかった。

仁吉には、天性の身のこなしの柔らかさがあり、日々剣術に励めば一端《いっぱし》の剣客になるのも夢ではないと見ていた。

そして竜蔵の見立て通り、時に咎人《とがにん》の捕縛においては、自前の十手を揮《ふる》って八面六臂《はちめんろっぴ》の活躍を見せたのである。

竜蔵も大いに喜んでいたし、このところはさっぱりと姿を見せていなかったが、それもいつもの仁吉らしい控え目な態度の表れであろう。そう思っていたのだが、

「あの仁吉が、何もやろうとしねえとは、いってえ何がおきたんだい？」

首を傾《かし》げるばかりであった。仁吉がそんな風になってしまったとしたら、半次と猿三が屈託を抱えても無理はない。

「それが、三月ほど前に、小間物屋に賊が入りましてね……」

半次が実に言い辛《づら》そうに口を動かした。

「小間物屋に賊だと？　御用聞きの家に押し入るとはとんでもねえ奴だな」

「へい。ほんに大それた奴でございます」

「で、仁吉はその奴を返り討ちにしてやったかい？」

「それが、とんだことになっちまいまして……」

言い淀《よど》む半次に代わって、

「賊は、仁吉のかみさんを殺して逃げちまったんです……」

猿三が渋い表情で言った。

「何だと……」

その日。

仁吉は、一日中御用の筋で方々を歩き回っていて、やっと家へ戻って、奥の居間で寛《くつろ》いでいた。

まだ日は暮れていなかったので、お豊は店の表の板戸を半分だけ開けたままにして、仁吉に湯豆腐の仕度をして甲斐甲斐《かいがい》しく立ち働いていた。

そのうちに、

「もう、お仕舞ですか？」

表から女の声がしたので、

「あたしが出ますよ」

と、お豊は店先へと立った。そして仁吉が、

「へい！　ちょいとお待ちを」

お豊の後ろから、客に声をかけた。

これがいけなかったようだ。相手は店先に仁吉が出てくるものだと思い込んで、出てきたお豊にいきなり刃物で斬《き》りつけた。

女に声をかけさせ、仁吉が出て来たところをいきなり斬って殺害するつもりだったのだ。

「ぎゃッ！」

お豊は一声叫んでその場に倒れた。

それが仁吉ではなく女房だと知って、賊は慌てた。

「お豊！　どうした！」

と、血相変えて飛び出してくる、仁吉の気配を覚えた賊は一目散に逃げ出したのである。

「お豊！」

仁吉が抱き起こした時、まだお豊の息はあった。それゆえ仁吉は、お豊を抱えて裏手の医者の許《もと》へ駆《か》けた。

賊を追いたかったが、お豊の命が何より大事であった。

仁吉とお豊が暮らす小間物屋は、右隣が板塀が続く料理屋で、左手は寺の境内《けいだい》の木立。向かいは空地であったから、急に気付いてすぐに人が集まってくれる環境になかったのだ。

しかし、医者の許へと運び込んだ時。既に仁吉の腕の中で、お豊はこと切れていた。

話を聞いて、竜蔵はしばらく言葉が出なかった。

「そんなことがあったのか……」

やがて嘆息《たんそく》する竜蔵に、

「ちょうどその頃は、先生もあれこれと大変なことが続いていたご様子でしたから、それどころではないと、黙っておりやした」

半次は静かに言った。

確かにその頃は、母・志津《しづ》が何者かに攫《さら》われたり、尾木廉三に付け狙《ねら》われたりで、竜蔵は、仁吉について考える間もなかったのだが、

「仁吉は、恋女房を殺されていたのか……」

思ってもみなかったことであった。

「それで奴は、生きる気力をなくしてしまったってわけかい」

半次と猿三は、黙って頷《うなず》いた。

「奴は、今どこで何をしているんだ？」

「赤坂田町《あかさかたまち》の方に住処《すみか》を替えて、酒浸りの毎日です……」

半次がやり切れぬ顔で応《こた》えた。

「だが先生、お立ち寄りになるのは、おやめになった方がよろしゅうございますよ」

猿三が続けた。

「お前は会ったのかい？」

「へい。訪ねてみたんですが、まったく人が変わっちまいましたよ」

「そんなに変わっちまったか……」

「へい……」

仁吉は、まだ日の高いうちから、町の居酒屋にいた。

猿三がそれを見つけて、

「お前にとっちゃあ、身が引き裂かれるような心地だろうが、〝玉かんの仁吉〟が、こんな時分から飲んだくれていちゃあなるめえよ。かみさんを斬った野郎も、まだ捕っちゃあいねえんだぜ」

そのように声をかけても上の空で、

「おれのことは放《ほ》っといてくんな」

と、酒を飲むのを止《や》めようとせずに、

「猿三……。下手人を捕えたって何になる……。お豊は帰っちゃあこねえじゃあねえか……」

空《うつ》ろな目で宙を眺め、ぽつりと言ったそうな。

「あっしは奴を見損いましたぜ。酒に逃げる前に、仇《かたき》を討ってやろうと思う男だと思っておりましたよ」

猿三は、憤懣《ふんまん》やる方ない。

横で半次が神妙に頷いた。

もう聞くまでもなかった。半次も猿三と同じ想いをしたのであろう。殴ってやりたい気持ちにすら、ならなかったのに違いない。

仁吉にとって、恋女房のお豊を失った絶望は、とんでもなく深いものであっただろうし、そもそも御用聞きの道へ引っ張り込んだのは、網結の半次であったのだ。もう、ただただかける言葉もないままに別れたものと思われる。

「なるほど、嫌なことを思い出させてしまったな」

竜蔵は苦笑いを浮かべた。

半次も猿三も新年早々、こんな話をするつもりではなかったはずだ。何もここで吐き出させてやらずともよかったものを……。

——まだまだ至らぬことが多過ぎる四十二歳だ。

そんな想いが込み上げてきて、

「まあ、そのうち仁吉も立ち直ってくれるだろう。今はそうっとしておくとして、まず、今年もよろしく頼むよ……」

竜蔵は、いつもの片手拝みをすると、それからは芝、三田界隈の四方山話《よもやまばなし》を三人で語らって、盃を片手に豪快に笑ってみせたのである。

三

赤坂御門の南側は、溜池《ためいけ》と呼ばれるひょうたん形の池の西北に位置する。

かつてこの池畔《ちはん》は湿地で田が広がっていたのだが、やがて一帯は埋め立てられ、出来た町屋が赤坂田町であった。

鐘楼《しょうろう》で知られる成満寺《じょうまんじ》は、赤坂田町の二丁目にあり、玉かんの仁吉が日々飲んだくれているのはこの辺りだという。

鐘《かね》の音も耳に入らず、仁吉は日毎酒ばかりに目がいっているのであろうか。

峡竜蔵は、桐畑《きりばたけ》越しにのんびりと溜池を眺めながら、昼下がりの町を、寺の鐘につられて歩いていた。

「そうっとしておく……」

などと、半次と猿三には言ったが、竜蔵の人生において、そうっとしている時などまずありえない。

二人が訪ねてきた二日後に、佐原信濃守《さはらしなののかみ》邸での出稽古があり、信濃守が多忙で、稽古の後の宴から解放されると、供の竹中雷太には、

「ちと、猫田《ねこた》犬之助《けんのすけ》殿と話があるゆえに」

と告げて先に帰し、このところは佐原家用人としてなかなかに多忙を極めている犬之助とは、僅《わず》かばかり言葉を交わしただけで屋敷を出たのである。

佐原邸がある赤坂清水谷《しみずだに》から、赤坂田町まではほど近い。

今日は初めから、仁吉の様子を窺《うかが》いに行くつもりでいた。

仁吉は、峡道場の正式な門人ではない。

半次への義理で、何度か稽古をつけてやったに過ぎないのだが、竜蔵はどうも仁吉を放《ほう》っておけなかった。竜蔵には彼なりの仁吉への義理があるのだ。

或《あるい》は、半次と猿三も、それを見越して竜蔵に、仁吉の現況を伝えたのかもしれなかった。

竜蔵ならば、仁吉を見捨てることなく、うまく言葉をかけてくれるのではないか。口では仁吉などに構わない方が好いと言いながらも、半次と猿三もそこに期待しているのではないだろうか――。

「好い天気じゃあねえか……」

竜蔵は、春とは名ばかりでまだまだ寒いものの、心地よく晴れ渡った青空を見上げて目を細めた。

大空には、正月らしく様々な彩《いろど》りに充《み》ちた凧《たこ》が泳いでいる。

赤坂田町の界隈も、新年を迎えて浮かれているように見えた。

成満寺を過ぎた辺りで、かつて猿三が仁吉を見かけたという居酒屋に行き当った。

ここもまた、祝いの酒を酌《く》み交《か》わす、町の衆達が大勢いて、明るい時分から大層賑《にぎ》やかであった。

「確かここのはずだ……」

竜蔵が中を覗《のぞ》くと、仁吉の姿は店になかった。

どこかほっとした気分になったものの、それはそれで気になる。店に入ると、酒とあんかけ豆腐を注文し、運んでくれた女中に心付を握らせて、

「この店に、仁吉という飲んだくれが来ておらぬか」

にこりと笑って訊ねてみた。

女中は、竜蔵に愛想笑いをしながら、

「ああ、あの飲んだくれの……。旦那《だんな》のお知り合いなんですか？」

「知り合いというほどの者ではないが、昼間から飲んだくれているのはみっともない。ここで会《お》うたら叱《しか》りつけてやろうと、な」

「それは残念でございます。今さっき出ていったばかりなんですがね。新年早々暗い顔で飲んでいられたら、店の方も辛気《しんき》くさくていけませんよ」

「なんだ、最前までここにいたのか。どうせその辺でふらふらしているのであろう、よし、捉《とら》えて意見をしてやろう」

竜蔵は、日頃仁吉が立廻《たちまわ》りそうな場所を女中に訊《き》いて、酒もほどほどに店を出た。

成満寺の裏手に、田楽豆腐の屋台が出ていて、仁吉はそこでよく飲んでいるらしい。

境内から足を踏み入れてみると、裏路地の一画に、件《くだん》の屋台店があった。

屋台の近くに大きな岩があり、そこに腰を下ろして、田楽豆腐の串《くし》を片手に、竹の器に入った酒を黙って飲んでいる一人の男の姿が見えた。

仁吉であった。

半次と猿三から聞いてはいたが、僅かな間に人はここまで変わるものかと思うほど、仁吉は見る影もなくやつれていた。

目の焦点は定まらず、無精髭《ぶしょうひげ》は顔を覆《おお》い、月代《さかやき》も伸び、垢《あか》じみた着物は着くずれている。

一旦《いったん》やる気をなくすと、男はとことん落ちてしまうようだ。

「父《とっ》つぁん、おれにも一本おくれ。酒も頼むよ」

竜蔵は、屋台の親爺《おやじ》に笑顔を向けた。

いかにも強そうで、しかも愛敬《あいきょう》に充ちた武士の登場に、親爺は破顔して、

「へい！　ただ今……」

と、張り切った。

見たところ他に客はなく、いささかこの陰気な客を持て余していたと見える。

陽気さも翳《かげ》りも、人に伝染するらしい。

仁吉はというと、自分の近くに峡竜蔵が現れたというのに、空ろな表情を崩さぬままに、

「網結の親分から、お聞きになったんですかい」

ぽつりと言った。

「ああ、聞いた……」

「お聞きになったことが、間違ってはいなかったでしょう」

「そのようだな。お前はすっかりと腑抜《ふぬ》けになっちまったようだ……」

「まず、こんなところでございますよ」

「知らねえ仲じゃあねえんだ。せめて新年の挨拶くれえしろよ」

「おめでとうございます……。なんて言葉は、もう忘れてしまいましたよ」

「うむ……。そりゃあそうだな。こいつはおれが悪かったよ」

峡竜蔵ほどの男に謝られて、仁吉は、笑ったような泣いたような複雑な表情を浮か

べると、それから黙りこくって酒を飲みだした。

竜蔵は、そんな仁吉をしかめっ面で見ている屋台の親爺から、串と酒を受け取ると、物言わぬ仁吉と並んでしばし串を頬張《ほおば》り、ぐっと酒を呷《あお》った。

猿三の言ったことは正しかった。話にもならないというのはこのことであろう。

「おれに何か頼みてえことがあるかい？」

田楽豆腐を食べて酒も飲んでしまうと、たちまち手持ち無沙汰《ぶさた》になり、竜蔵はそんな問いかけをした。

仁吉の表情はまるで変わらなかった。

「先生に頼みてえこと……」

相変わらず陰気な表情を崩さぬままに、しばらく黙りこくった後、

「そんなら銭を恵んでやっておくんなさいまし」

と、頭《こうべ》を垂れたものだ。

「そうかい、そんならこれをとっておいてくんな」

竜蔵は懐から財布を取り出して、仁吉にそれごと手渡した。

「おありがとうございます……」

仁吉は、何とも卑屈な態度で、財布を押し戴《いただ》いた。

「いくらも入ってねえよ。気が向いたら、いつでも稽古をしにおいで」

何か言葉をかけねばならないと思ったが、結局はそんなことしか伝えられぬまま、竜蔵は、その場から立ち去った。

一度だけ振り向くと、仁吉は財布を押し戴いたままうなだれていた。

「ああ、胸くそが悪いぜ……」

新年早々、竜蔵は腹だたしかった。

「何て腑抜けた野郎だ。若い頃ならぶん殴っていたかもしれねえ……」

半次と猿三の顔が曇っていた理由が会ってみてさらにわかった。

この気分の悪さを、二人は竜蔵に訴えたいのはやまやまだが、自分達と同じ想いをさせてはなるまいと辛抱したのであろう。

「それが顔に出ていたってわけか……」

道場へ帰ってから、自室で気持ちを抑えようとして、妻の綾が淹《い》れてくれた濃い茶を啜《すす》っていると、

「随分と、気にいらないことがあったようですね」

綾にニヤリと笑われた。かく言う竜蔵の顔も曇っていたのである。

「わかるか？」

「はい。玉かんの親分に会いましたか」

「どうしてそれがわかる？」

「親分達と大きな声で話をされていたではありませんか」

「放っておいても聞こえてくるか」

「はい」

「会わぬ方がよかったよ」

綾を相手に話すと、竜蔵の胸の内も落ち着いた。だが、他人に移せば風邪《かぜ》は治るのと同じように、話された方はその分心に曇りが出るものだ。

綾もまた、悲惨な話だけに胸が苦しくなってきた。だが調子が戻った竜蔵はそんなことにはお構いなく、

「まったくよう。仇を討ったところで死んだ女房は生き返らねえなんて言うのなら、どこかで思い切って、元の暮らしに戻ろうと努めりゃあいいってもんじゃあねえか。うだうだ朝から酒をかっ食らったところで、女房は生き返っちゃあこねえんだ。いっそ、新しいのをもらったらいいんじゃあねえのかい。そうすりゃあ、忘れられるかもしれねえぜ……」

と、冗談交じりにぶちまけたが、綾の目は笑っていなかった。

「なるほど、女房と畳は新しい方が好いなどと申しますが、新しい妻を娶《めと》れば、古い妻のことなど、すうっと忘れられると、旦那様はお思いなのでございますね」

「ああ、いや、これは、たとえばの話だ」

竜蔵は、失言を悔やんだが、こうなると綾も気持ちが収まらない。

「これはよろしゅうございました。それを承っておけば、わたくしも明日死んだとて心残りはございません」

「おい、何を言う……」

「わたしは、そこまで夫に思われた、お豊さんが羨ましゅうございますねえ……」

奥の部屋へと戻っていく綾を見ながら、新たな胸の支《つか》えに、しばし呆然《ぼうぜん》たる竜蔵であった。

四

峡竜蔵と会ったその翌朝も、仁吉は目が覚めるや、酒徳利《さかどっくり》に手を伸ばしていた。

成満寺の西側にある裏店《うらだな》には、夜明けがこようが、朝日は射《さ》さない。

三畳一間の棟割《むねわり》長屋であるから、小さな角火鉢《かくひばち》と行李《こうり》の他には、ろくな調度も置いていなかった。

「ひとつくれえ、食らわされるかと思ったが、峡先生も、おやさしくなったもんだ……」

昨日は、峡竜蔵が訪ねて来てくれたというのに、何の愛想もないままに別れてしまった。

大好きな剣術の先生であった。

敬愛してきた網結の半次が、ぞっこん惚れ抜いているだけはある。強くてやさしくて、自分にとっても大事な人であったものを——。

網結の半次や国分の猿三に対してもそうであったのだが、何故《なぜ》あんな応対をしてしまったのであろうか。

その答えはただひとつ。元の暮らしには戻りたくないからである。

男気に溢れた峡竜蔵に諭《さと》されれば、もう一度、世のため人のために働いてみようかという気にさせられるであろう。

だが、その暮らしに戻れば、お豊への想いが日々自分を苦しめることになろう、それが恐ろしいのだ。

お豊は子供の頃から随分と歳が離れた仁吉を、〝兄《あに》さん〟と呼んで慕《した》ってくれた。

「あたしは、大きくなったら、兄さんの恋女房になるのよ」

少しこましゃくれた物の言いようが愛らしくて、仁吉は何かと構ってやったものだ。

「早く大人になって、おれの恋女房になってくんなよ」

からかうように返した言葉は、やがて口にするのも恥ずかしくなった。

お豊は、幼い時の想いをそのまま持ち続け、日に日に大人の女へと成長を遂げたからだ。どこかよそよそしくなっていく仁吉に、

「兄さん。もうすっかりあたしは大人になったわよ。さあ、どうしてくれるの？」

遂にはお豊がからかうように言った。

こうなると、仁吉も肚《はら》を決めた。

「よし、そんなら恋女房にしようじゃあねえか」

大人になるにつれて、他所《よそ》へ嫁いでしまうのではないかと、心の奥底に不安を抱えていた仁吉は、それからすぐにお豊と所帯を持った。

「お前には、この世に生まれてきてよかったと、心の底から思えるような暮らしをさせてやるからな」

一緒になって以来、仁吉はずっとその言葉をお豊にかけてきた。

それに対してお豊は、

「あたしは本当に、この世に生まれてきてよかったと思っていますよう」

いつもうっとりとした声で仁吉に返したものだ。

「いやいや、お前にはまだまだ好い想いをしてもらわなくてはなあ……」

そんな暮らしを奪ったのは、御用聞きという己《おの》が仕事である。

悪事を働く者は容赦なく追い詰めてきた。それゆえ悪人達からの恨みが重なり、お豊は死ななければならなかったのだ。

誰《だれ》恨むことはない。

半次に誘われて御用聞きとなったのは、己が意志であった。自前だが八角の十手を手に入れた時は得意であったし、お豊は十手を構えてみせる仁吉を眺めて、つくづくと惚れ直してくれた。

懐に忍ばせる時に十手をしまっておく十手袋は、お豊の手製であった。仁吉は、一暴れしなければならない時や、同心の手先として出役《しゅつやく》に従う時は、その袋の中にお豊が愛用する玉簪を一緒に忍ばせた。

それはべっ甲の赤い玉が目立つ逸品である。いざとなれば鉢巻に差し、ある時は十手を叩き落されて、咄嗟《とっさ》にその簪で賊の足を突いて捕えたこともあった。

「お前の魂がこの簪に乗り移っておれを助けてくれたのさ……」

手柄を立てて家に帰るや、お豊のしなやかな体を力いっぱい抱きしめた時の嬉《うれ》しさは、御用聞きを務めてこそのものであった。

その暮らしは、常にお豊と一対であった。お豊抜きで元の暮らしに戻れるものか。

それでも、玉かんの仁吉の栄光は、彼の体に沁《し》みついてしまっている。

――お豊を殺した務めなど、おれの体から消してやる。

とことん、落ちぶれてやろうと思った。おれは何とだらしねえ野郎なんだ。御用聞きをしていたなんて思われねえ、そんな暮らしを送れば、十手への未練もなくなるだろう――。

一旦、この身を滅ぼす。仁吉にはそれしか頭に浮かばなかったのである。

――もう、峡先生も、おれを見限ったに違《ちげ》えねえや。

行李の上には、竜蔵からもらった財布がそのまま置かれてあった。

身を滅ぼさんとして、小間物屋も人手に渡した。今までの貯えもあるので、この棟割長屋に移った今は、酒の他に費《つい》えもないので、まだ金には困っていなかった。

竜蔵を呆れさせて、二度と仁吉とは会いたくないと思わせる方便で金を借りたのである。

死んだ父親は、人との仲は金のことでややこしくなる、付合いを断ちたいのであれば、その相手に金をせびればよいと言っていた。

世に出てからは、なるほどその通りだと思うことが多々あった。それゆえ、

「銭を恵んでやっておくんなさいまし」

などという言葉が出たのだ。

さぞかし竜蔵は、何ともあさましく、情けない男だと思ったことであろう。

「それでよいのだ……」

財布ごと自分に恵んでくれたのは、いかにも竜蔵らしかった。

かつて剣術を学んだ思い出と共に、大好きであった先生、峡竜蔵はこれで過去の人となった。

まだ自分にも恥を覚える心が残っていたようだ。いつも以上に酒を飲んでしまったのは、その想いから逃れたかったからに違いなかった。

頭が割れるように痛かった。

迎え酒でそれも収まるであろう。

しかし、酒徳利を手にしても、今朝はそれを口に運ぶことさえ億劫《おっくう》になってきた。

——もう一眠りしよう。

ごろりと横になったが、頭痛は収まらず、眠ることも出来なかった。

仕方なく外へ出た。

といっても、よく行く居酒屋や屋台店へは、行く気になれなかった。店の者達はというと、少し顔馴染になると、

「そんなに飲んじゃあいけませんよ」

「今日はもうお酒は出しませんからね」

などと思いやりを押しつけてきたり、

「お客さんは好いご身分だねえ、いつだって日の高いうちから飲んでいなさる」

時には嫌味を言ってみたりする。

挙《あ》げ句《く》には、

「銭は持っているのかい？」

怪《あや》しんだりする者も出てくる。

――どいつもこいつも、馴れ馴れしくしやがって……。

そんなものが人情だと思ったら大間違いだ。

店は客に黙って酒を出しゃあいいんだ。

おれのことは放っておいてくれ……。

落ちるところまで落ちてやろうと思っても、世間というのは、なかなかそれを許してはくれない。

——そうだ。いっそ死んじまえばいいんだ。

その方がせいせいする。

眠ろうと思っても眠ることが出来ず、酒を飲もうと出かけても、うるさいことを言われる。まだ慣れていない赤坂の地をふらふらと散策しようかと思えば、酒毒に冒《おか》され始めた体は言うことを聞かない。

そんなことなら死ねばいいんだ。

何故すぐにそこへ気が回らなかったのであろう。

恥をさらして生きることが、お豊を死なせてしまった自分への罰だと思ったのであろうか。

——だとすればお豊、もうおれを許してくんなよ。

投げやりな想いと共に、仁吉は死神にとり憑《つ》かれてしまった。

見渡すと、赤坂御門へ向かう坂道の脇《わき》には溜池が豊かな水を湛《たた》えている。

仁吉はふらふらと吸い寄せられるように、岸を歩いた。

いつしか彼は、桐の木立の向こうにある、切り立った小さな崖《がけ》の端に立ち竦《すく》んでいた。

少し歩いただけで既に息が切れていた。

どこまでも悪人を追い詰め、町中を駆け回っていた頃が嘘《うそ》のようだ。明らかに体が弱っている。こんな調子なら、春とは名ばかりの寒さである、ここから飛び下りれば容易《たやす》く死んでしまえるはずだ。

仁吉はこの世の名残《なごり》にと、今まで生きてきて楽しかったことを、せめて思い出そうとした。

お豊との思い出。長谷寺《ちょうこくじ》へは二人でよく参った。そういえば、大昔にあの寺は赤坂溜池から移されたと聞いた。それも何かの縁であろう。

自前の十手を初めて握った時。

これを使いこなせる御用聞きになろうと誓いを立て、網結の半次の真似《まね》をして、方々の町道場で武芸の手ほどきを受けた。

筋が好いと誉《ほ》めてくれた師範は何人もいたが、とりわけ峡竜蔵から誉められた時は嬉しかった。

「先生……、申し訳ござんせん。木で鼻をくくったような受け応えをしてしまいました……。あっしにここまで目をかけてくださったというのに……。へへへ、まあ、死んじまったら許してやっておくんなさいまし。あっしはもう、どうにもいけねえんでございます」

仁吉はゆったりと崖の先端へとにじり寄り、やがてすべり落ちていくことを望んだ。

足の先が、遂に宙へと出た、その時であった。

桐木立の中へと駆けてきた者があった。

「おじちゃん、危ないよ！」

さらりと声をかけてきたのは、まだ十くらいの子供であった。

五

「おじちゃんは、悪い人かい？」

子供は悪びれず、さらに問うてきた。

さすがに、年端もいかぬ子供の目の前で、池へ飛び下りるのは気が引けた。

そんな人らしい気持ちが、咄嗟に浮かんだ自分に苦笑いを禁じえなかったが、

「そうさなあ、好い人でもねえが、決して悪い人でもねえよ」

仁吉は疲れきった顔に無理矢理頰笑《ほほえ》みを浮かべて応えてやった。

子供には、それで仁吉の人となりが伝わったのだろう。

「そんなら、ちょっとの間、知らないふりをしていておくれ」

一転して切羽《せっぱ》詰《つま》った表情を見せると、あっという間に、桐の木の上に登って姿を隠

した。

仁吉は呆気《あっけ》にとられた。子供の身のこなしは実に見事で、もしや自分は死んでいて、あの世からの遣いなのかと思われたのだ。

――知らないふりだと？

すぐにその意味がわかった。

木立の中へ、ずかずかと男が四人駆け込んできて、すぐそこが崖になっていることに気付いてたじろいだ。

雪駄《せった》をじゃらじゃらと鳴らし、揃《そろ》って格子《こうし》縞《じま》の着物に半纏《はんてん》を引っかけた姿は、どう見ても堅気《かたぎ》には見えない。

あの子供はこ奴らに追われているのだ。

「今、ここへガキが走ってこなかったかい」

案《あん》の定《じょう》、一人が声をかけてきた。

少し前なら、玉かんの仁吉に対して、こんなぞんざいな口を利く者などいなかったであろうが、ここはかつての縄張りの外だ。むしろ知られていないのがありがたい。

「ああ、そういえば、ちょっと前に駆けて来て、そこから落ちそうになって、慌てて御門の方へ駆けていきましたよ」

応えるのも、物憂《ものう》かったが、もう今は手札も旦那に返上し、屑《くず》のような暮らしを送っているのだ。破落戸《ごろつき》が相手でも、偉そうな口を利けたものではない。仁吉は下手に出た物言いで返した。

「そうかい。すばしこいガキだぜ」

男は舌打ちをすると、

「お前も、そこから落ちねえように気をつけな」

からかうように言うと、他の男達と共に、その場を立ち去ろうとしたのだが、男達のうちの兄貴格らしき一人が、ふと仁吉に目をやって、

「何でえ、こいつは玉かんの親分じゃあねえか……」

と、声をかけてきた。

こ奴には見覚えがあった。

「あっしですよう、勝太郎《かったろう》でさあ。ほら、よく親分にしっかりしろいと叱られていた、門前の勝太郎だよう」

まったく嫌な奴に出会ってしまった。

門前の勝太郎は、青山の善光寺《ぜんこうじ》や長谷寺の門前の小博奕《こばくち》を仕切っていたやくざ者であった。

縄張り内のことなので、仁吉は門前をうろうろする勝太郎を捉えては、

「お前も、賭場《どば》の周りをうろついていねえで、もっとしっかりした暮らしを送りな」

よく叱りつけたものだ。

賭《か》け金《きん》が少ない、ほんの手慰《てなぐさ》みのことなので大目に見てやっていたが、性懲《しょうこ》りもないので、一度だけ引《ひ》っ括《くく》って番屋へ連れていった。

この時は敲《たたき》に処せられて、その後勝太郎は青山界隈から姿を消した。

先々の更生を期待して、それくらいで済ませてやったつもりだが、性根《しょうね》は直らず、この辺りで兄貴風を吹かせているようだ。

「勝太郎か……、ふッ、なかなかの羽振りのようだな」

仁吉は小さく笑った。

「まあ、それなりにやっているよ。で、お前は今この辺りで何をしているんだい？　女房と死に別れて町を出たと聞いたが、恋女房が忘れられずに、毎日飲んだくれているってところかい」

勝太郎は、お豊が殺され仁吉が御用聞きをやめてしまったことを知っていたようだ。

「さぞかし、お前から見りゃあ、いい気味だろうな」

仁吉は吐き捨てるように言った。

「ふん、いい気味なもんかい。お前のことは、いつか思い知らせてやろうと思っていたが、薄汚ねえどぶねずみみてえになっちまっては、近寄るだけでも煩《わずらわ》しいぜ」

勝太郎は、そう言って仁吉を貶《おとし》めると、

「おい、見ろよ。この腑抜けみてえな野郎は、これでも前は御用聞きでよ、ついこの前まで十手に物を言わせてやがったくそ野郎だ」

仲間に告げて、笑いものにした。

「何だって？　この野郎が御用聞きの親分？　兄ィ、からかっているんじゃあねえだろうな」

「どう見たって、どぶねずみじゃあねえか」

「手前《てめえ》みてえな野郎は、芥溜《ごみだめ》の隅にでも引っ込んでやがれ」

破落戸達は、次々と仁吉の顔を覗き込んで、挑発してきた。

仁吉は、ただやり過ごした。

ここでいっそ、こ奴らに殴られ蹴《け》られ、弱った体をさらに踏みつけられるのも悪くはないと思った。

だが、勝太郎達も暇ではないらしい。

初めに声をかけてきた一人が、

「兄ィ、こんな野郎を相手にしている暇はありませんぜ。早く行かねえと……」

我に返って急《せ》き立てた。

「そうだな……」

勝太郎は相槌《あいづち》を打った。

「まあ、じっくり探してやるさ」

忌々《いまいま》しそうに言うと、仁吉を見て、

「手前、今度おれの前にそのしけた面ァ見せやがったら、ただじゃあおかねえぞ」

そう言い置くと、仁吉の顔を目がけて銭を投げつけた。

「これで酒でも飲んで、女房の尻でも思い出しやがれ」

そして、皆で嘲笑《ちようしよう》を浴びせながら、頭上に子供が潜《ひそ》んでいるとはまるで気付かずに、その場を去っていった。

仁吉は、額を押さえた。投げられた銭が当って血が滲《にじ》んでいた。

情けなさに襲われたが、不思議と怒りは湧いてこなかった。

「こんな目くされ金で、酒が飲めるかよ……」

とび散った銭を拾い集めていると、木の上から下りてきた子供が、

「おじちゃん、ありがとう、助かったよ」

と言って手伝ってくれた。

「拾った銭はお前にやるから持っていきな」

「いらないよ。あんなやつがなげた銭なんか」

子供は澄まし顔で言った。

「お前は大した奴だな。木登りも見事だったぜ」

「あんなのは朝飯前さ」

「そいつは頼もしいや。で、またどうして、奴らから逃げているんだい？」

「おいらを育ててくれたおじちゃんが、あいつらとはかかわり合いになるなと言ってたからだよ」

「お前を育ててくれた小父さん？」

「まあ、おいらにもいろいろとわけがあるのさ。おじちゃんは、あいつらと知り合いだったの？」

「知り合いなんてものじゃあねえ。ちょいと知っている野郎がたまさかいただけさ」

「前は親分だったんだね」

「ああ。おれにもいろいろとわけがあるのさ」

「あんなにいじめられたのに、よくしんぼうしてくれたね。ありがとう……」

子供は、拾い集めた銭を仁吉に手渡すと、勝太郎達が去って行ったのと反対方向に去っていった。

「ふふふ、あの子は、おれが本当は強えと思っていたんだな」

仁吉は、今さら死ぬ気にもなれずじっと子供の後ろ姿を目で追っていたが、やがて思い入れの後、彼もまた歩き出した。

六

それから——。

相変わらず、しょぼくれた外見ではあるものの、先ほどとは打って変わったように、仁吉の足取りは軽快であった。

腫《は》れぼったい目の奥には、強い輝きが宿っていた。長らく使われず隅に追いやられた庭の燈籠《とうろう》に、久しぶりに灯《ひ》が入れられたような趣である。

——恐ろしいもんだ。体が勝手に覚えてやがる。

仁吉は、あのすばしこい子供の跡をつけていた。

死のうと魔がさした時、いきなり現れて声をかけてくれた子供のことが、どうにも放っておけなくなったのだ。

明るい表情で、淡々と話していたが、破落戸四人から逃げていたとは穏やかではない。

育ててくれた小父さんとは、どういう男なのであろうか。無性に子供のことが知りたくなってきた。

あれこれ問題を抱えているのは疑いもない。

今こうして生かされているのは子供のお蔭である。何かそのお返しだけはしてやらねばならぬと思えてきたのだ。

そうして気がつけば、子供をつけていた。

四人の破落戸の追跡をかわした子供である、一筋縄ではいかぬ尾行であるが、仁吉は時に小走りで、時には脇道から追尾して、見事に子供の住処を突き止めた。

誇るほどのものではない。かつての仁吉にはお手のものであった。

処《ところ》は赤坂新町《しんまち》三丁目の裏店であった。

この辺りは武家屋敷と寺に囲まれた一画で、孤島のごとき町の佇《たたずま》いである。

そっと様子を窺ったところ、子供の家には親らしき者の影はない。

〝育ててくれた小父さん〟との二人住まいなのであろうか。

こうなると、御用聞きの頃の勘が戻ってくる。

裏店の表通りに出てみると、小さな菓子屋があった。

飴《あめ》なども扱う店で、店番の老婆は、商売よりも、通りすがりの者と世間話をするのが好みのようだ。ぼそぼそと喋《しゃべ》っては客に逃げられ、また呼び止めるといったことを繰り返している。

「飴をもらおうか……」

仁吉は、朴訥《ぼくとつ》な人足の風情を醸《かも》しながら、店で飴を求めると、

「この裏に、十くれえのしっかりとした子供がいると思うのだが……」

まず子供の情報を得んとした。

「しっかりとした子供ねえ」

老婆は、見慣れぬ男がそんなことを訊くので、少し探るように見たが、

「いやいや、ついこの前のことなんだが、その子が坂の下で、車を押すのを手伝ってくれたんだ。そん時は、ろくに駄賃もやれなくて、気にかかっているんだよ」

などと言うと何度も頷いて、その子供ならよく知っていると言わんばかりの顔をした。

仁吉はそれをすかして、

「誰か、心当りを訪ねてみるか……」

と、行きかけると、すぐに老婆が口を開いた。思った通り、一旦喋り出すと、そこからは止ることを知らぬ婆《ば》ァさんのようだ。この辺りの駆け引きもまだ鈍ってはいなかった。

老婆から聞き出したところによると、子供の名は仲太郎《ちゅうたろう》という。

つい先頃、栄五郎《えいごろう》という四十絡みの男と、その裏店に移ってきたのだそうな。

栄五郎は、赤坂田町五丁目で、〝床店《とこみせ》〟の古着屋を出しているという触れ込みであったが、一方では博奕場などにも出入りしている俠客《きょうかく》であったと思われる。

それでも、何かと頼りになり、長屋の住人の面倒もよく見るので、利発な仲太郎と共にたちまちこの辺りの人気者となっていた。

仲太郎は、栄五郎を〝おじちゃん〟と呼んでいたので、近所の者達はその理由を知りたがった。

「まあ、それでさ。栄五郎さんが話すには、仲さんは角兵衛獅子《かくべえじし》の子だったそうなんだよ」

と、老婆は言う。

――なるほど、それであんなに身が軽かったんだ。

仁吉はなるほどと心の内で呟《つぶや》いた。

その角兵衛獅子の親方というのが酷《ひど》い男で、理不尽な仕打ちに反発する仲太郎を、目の仇のようにして苛《いじ》めた。

栄五郎は、築地《つきじ》で情け容赦なく、仲太郎を鞭《むち》打つ親方を見咎《みとが》めて、

「手前は鬼か！　殴り返すことができねえ相手を痛めつけるような野郎は男じゃあねえ！」

持ち前の男気で叱りつけた。

「こっちも遊びじゃあねえんですよ」

親方は口を尖《とが》らせたが、

「年端も行かねえ者をこき使っている身が、わかったようなことを言うんじゃあねえや！」

売り言葉に買い言葉である。栄五郎の懐には、ちょうどつきについて転り込んできた博奕の金があった。汚ない金をきれいに使ってやる——。

栄五郎は、十両の金で有無を言わさず仲太郎を引き取ったのであった。

「おれはやくざな男だ。お前はおれみてえになるんじゃあねえぞ」

それからは仲太郎を真っ直ぐに育てようとした栄五郎を、仲太郎は孤児ゆえに親と慕った。

栄五郎は、やくざな仲間や知り合いが、仲太郎に近寄らないようにと、古着屋の表看板を掲げた上で、密《ひそ》やかにこの長屋へ越してきたのだ。

「ところがねえ。その栄五郎さんが、ちょっと前にぽっくりと逝《い》っちまったんだよ」

「ぽっくりと？」

「心《しん》の臓《ぞう》が悪かったとか」

「で、仲太郎は……」

「長屋の皆に助けられながら、たくましく暮らしているよ。あれこれと小回りの用をこなして、駄賃を稼いでねえ。何といっても、身が軽いから、高いところにもさっと登れるだろう。重宝されているんだよ。栄五郎さんが遺《のこ》した銭もあるし、なかなかに好いご身分さ」

老婆の話を聞いて、仁吉は体の中に溜《たま》っていた色々な毒が抜けていくような気がした。

それと共に、仲太郎が何故破落戸から逃げていたのかが読めた。

近頃、栄五郎の姿が見えぬので、博奕打ちの中ではよもや死んだのではないかと噂《うわさ》されるようになった。そんな折に連中はこの界隈で仲太郎の姿を見かけたので、捕えて真相を聞き出すつもりであったのではなかったか。

仲太郎は、栄五郎から決して関《かか》わり合いになるなと言われていた連中だけに、声をかけられただけで逃げ出したのかもしれない。

いずれにせよ、栄五郎の負の遺産が、仲太郎の肩にのしかかっているのなら、理由《わけ》を聞いて力になってやりたいと、体の中を正義の血が駆け巡ってくるのを覚えた。

つい先ほどまで、絶望と亡妻への恋情に襲われ、死のうとまでしていた自分が嘘のようであった。

揺れる想いは、仁吉の体を勝手に動かしていた。

彼はそっと裏店を見張って、仲太郎が外へ出て来るのを待った。

半刻《はんとき》（約一時間）ばかりすると、仲太郎は勢いよく長屋の木戸から出てきて、自身番屋へと駆け入った。やがて彼は火の見梯子《ばしご》の上に姿を現したかと思うと、屋根と梯子を支える台との隙間《すきま》にするりと入り、小さな凧《たこ》を引っ張り出して、見上げる店番に向かって元気よく手を振った。

高所でしかも大人の手の届かないところに、子供ゆえの小ささを生かして入り込み、引っかかった凧を取り出す――。

それが今日の仕事であったようだ。

「仲さん、助かったよ」

感心する店番に、

「まいどありがとうございます」

中で駄賃をもらった仲太郎は、再び自身番屋をとび出したところで、待ち受けていた仁吉と行き合った。

「おや、坊やはさっきの……」

「おじちゃんかい？　また会ったね……」

仲太郎は素直な目を向けてきた。

――いけねえいけねえ。たまさか出会ったと思い込んでいらあ。

仁吉は、しっかりしているようでもそこはまだ子供だと、内心気が気でなかった。

「今のがお前の仕事かい？」

「ああ、これでもみんなから頼られているんだよ」

「やはりお前は大したもんだ。だが気をつけねえといけねえよ」

「どうしてだい？」

「高《たけ》えところにいると人目につくから、さっきの悪い奴らに見つかるだろ」

「あ、ほんとうだね……」

仲太郎は目を丸くした。

「まあ、おれも、親分と頼られたことがあったから、そういうところの智恵《ちえ》は働くのさ」

仁吉は、得意げに笑った。

こんなに気持ちよく笑ったのはいつ以来であろうか。依然として仁吉の心は荒《すさ》んでいたものの、ひとつだけ言えることがあった。

それは、さっき崖から飛び下りずにいてよかったという生への悦《よろこ》びであった。

七

「何やら気に入らねえが、もう一度だけ行ってみるか……」

峡竜蔵は、ぶつぶつと独り言《ひとりごと》ちながら、赤坂三軒屋の道を歩いていた。

この月二度目の佐原信濃守邸での出稽古へと赴《おもむ》いていたのだが、今日もまた玉かんの仁吉の様子を見てやろうと思い立ったのだ。

——まったくおれも、どこまでお人よしなんだ。

あの時は、さのみありがたがられもせずに、銭までせびられ、財布ごと置いて帰るはめになった。

おまけに家へ帰って、女房が死んだからってうだしているんじゃあねえや、などとぼやいていると、綾には、

「わたしは、そこまで夫に思われた、お豊さんが羨ましゅうございますねえ……」

などと嫌味を言われ、機嫌をとるのに苦労をした。

網結の半次と国分の猿三は、自分達が仁吉の話をしたことで、竜蔵が仁吉を気遣い、一悶着《ひともんちゃく》起きるのではないかと、案じているようだ。

それゆえに、仁吉に構うのは秘密裡《ひみつり》に進めないといけないので随分と骨が折れるのだ。

とはいえ、綾に叱られたから思うのではないが、仁吉のことを自分に置き換えてみると、たとえば自分を狙った剣客が不意討ちをかけてきて、誤って綾を斬ったとすればどうなるであろう。

若い頃と違って、今の竜蔵ならば、仇を討つことに躍起《やっき》になる前に、無常を覚えて頭を丸めたくなるのではないだろうか。

そのような気がしてならない。

よくよく考えてみると、仁吉が朝から飲んだくれて自分を責めるのも頷ける。

そして、自分を責めて責めて、責め続けた先に待っているのは、死への願望なのかもしれない。

この上、奴に構ってやることなどはないと思いつつ、仁吉の骸《むくろ》がどこかの浜辺や岸辺に打ち上がるのではないか、そうなれば後生が悪いと、どうも落ち着かないのだ。

――何人もの人を斬り、周りの者達に迷惑をかけてきた峡竜蔵だ。せめてとことんお人よしでいたって好いではないか。

佐原邸への出稽古は月二回。前回から十三日が経《た》っていた。

仁吉の身に何か起こっていたら、後で悔やむことになろう。

それでまた、供の竹中雷太を先に帰し、屋敷を出たのだが、清水谷の佐原邸から目と鼻の先の三軒屋の道端で、男達が喧嘩《けんか》をしている様子が目にとび込んできた。

火事と喧嘩は江戸の華である。さして珍しいものではないが、見れば一人を相手に四人がかりである。

一人の方も負けていない。目の前の奴の顔に頭突きを食らわせ、横からくる相手の頬げたを張り倒したが、何分孤立無援である。後ろから羽交《はが》い締めにされ、腹を蹴られて動きが止まり、そこからは一方的に殴られた。

「何だ、こいつはよろしくねえな」

〝仲裁は時の氏神《うじがみ》だ。この喧嘩、おれに預けてくんな……〟などと口上よろしく、かつては喧嘩に割って入ったものだ。止めてやらねば一人の方がかわいそうだ。

群がっているのは一見してわかる破落戸で、どうせこ奴らが絡んだのであろう。

竜蔵は、喧嘩の場へと歩み寄ったのだが、よく見ると、殴られているのは、件の玉かんの仁吉であった。

「何をしてやがるんだ……」

ここは仲裁ではなく、助太刀をしてやろう。

竜蔵はつつッと近寄ると、

「おう！　手前ら喧嘩のやり方が汚ねえぜ」

一声かけるや、仁吉の両脇を押さえている二人の襟首を摑《つか》んで頭と頭をぶつけた。

鈍い音がして、この二人は頭を押さえてその場に屈《かが》み込んだ。

「何しやがんでえ、この三一《さんぴん》が！」

殴りかかってきたそ奴は、たちまち宙を飛んでいた。

格段に強い剣客の登場に怯《おび》えたのは、あの勝太郎であった。

「お、覚えてやがれ！」

捨《す》て台詞《ぜりふ》を吐《は》くと、傷ついた三人を引き連れて駆け去った。

「玉かんの仁吉も様ァねえな」

竜蔵は、仁吉を抱き起こして叱咤《しった》した。

「まったくでさあ」

仁吉はあちこち傷ついていたが、まったく痛がる様子もなく笑っていた。

「だが、やられっぱなしじゃあなかった。少しばかり見直したぜ」

「ちょいと不意を衝《つ》かれちまいましてね」

「奴らはさしずめ、お前に恨みを持っている破落戸ってところかい」

「よくおわかりで」

「おれも四十二だからな」

「勝太郎って馬鹿がおりやしてね。この辺りを歩いていたら、絡んできやがったんでさあ」

「お前が十手を持っていねえのを、どこからか聞きつけやがったか」

「そんなところで。やり過ごそうとしたら、いきなり後ろから殴りかかってきやがった……」

「不覚をとったな」

「へい。すっかり勘が鈍っておりましてね」

「だが、この前会った時よりも、随分と顔色が好いぜ」

竜蔵は、つくづくと仁吉の姿を見た。

今日は無精髭も無く、月代も剃りあげられていたし、着ている物もこざっぱりとしている。

「酒は止めたのかい」

「止めようと思っちゃあいるんですがね。夜が眠れねえんで、つい寝酒を過ごしておりやす」

「色々と嫌なことが思い出されるんだろうなあ。まあ、寝酒くれえよしとしよう」

「ありがとうございます」

「お前、ひょっとして、おれを捜していたんじゃあねえのかい」

「へへへ、やっぱりわかりますかい……」

「あたぼうよ。おれも四十二だからな」

二人は、ふっと笑い合った。

「確か、佐原様のお屋敷で、月に二度ばかり出稽古を務めておいでだったと思い出しましてね」

「あたりをつけていたってわけかい」

「へい……」

「そんなまどろこしいことをせずとも、三田まで訪ねてくりゃあよかったんだよ」

「まさか、そんな……。面の皮の厚いことが……」

「今のお前は、おれの道場の敷居をまたげねえか？」

「へい。網結の親分への申し訳が立ちません」

「だから、道々おれを呼び止めるつもりで来たんだな」

「左様で……。こいつをお返しに参上いたしました」

仁吉は、恭《うやうや》しく件の財布を差し出した。

「馬鹿野郎、お前が銭を恵んでくれと言ったんじゃあねえか」

「それは、そうなんでございますが……」

「一旦出した物を引っ込められるかよ」

「そこを何とか引っ込めてやっていただきとうございます」

「ふふふ、まあいいや。お前がそう言うなら一旦引っ込めよう。だがお前の肚《はら》は読めたぜ。財布を返すのに託《かこつ》けて、先だっておれが言った言葉を、もう一度引き出したかったんだろう」

竜蔵はニヤリと笑った。

あの日は、別れ際に、

「気が向いたら、いつでも稽古をしにおいで」

と、声をかけていた。

「どうだ、図星を突かれて言葉も出ねえか。お前の考えていることくれえお見通しだ。まったくお前はまどろこしい奴だぜ。稽古をしにこいと言ったんだ。まず三田へ訪ねてくりゃあいいんだよ」

「いや、しかし……」

「しかしもへちまもあるかい！　来いと言ったら黙ってくりゃあいいんだよ。おれもお前にはちょっとした義理があるんだ。少々のことは大目に見てやるからついて来やがれ！」

懐しい峡竜蔵の喧嘩腰の物言いに、

「へいッ！」

仁吉は思わず頭を下げていた。

こんな時は理屈ではない。無理にでも連れて帰るという迫力が、人にはありがたいのだ。

何とやさしく心地の好い乱暴者であろうか――。それが峡竜蔵なのだ。

「道中、話をしようじゃあねえか。ちょいと気になることがあるんだろう？」

竜蔵は颯爽《さっそう》と歩き出した。まともに顔を見ては返事をしにくいという気遣いもあった。

「そうなんでございます。それで、体を元に戻してえと思いまして」

仁吉は、竜蔵の背に向かって語りかけた。

それからは、堰《せき》を切ったように、あれからのことが口をついた。

八

三田二丁目に着く頃には、仁吉は大方の想いを竜蔵に伝えられた。

「つまりお前は、その仲太郎を守ってやりてえ。それゆえ、前にも増して強くなりてえんだな」

「左様でございます。お豊が死んだからといって、いつまでもくよくよせずに、目の前にいる弱え者の味方をしてやりてえと……」

「その通りだ。死んでしまおうなんてえのは、とんでもねえ思い違いだ」

「へい……。仰《おつしや》る通りでございます。今ではつくづくと、あの時池に落ちなくてよかったと思っております」

「命の恩人の仲太郎のために、一肌脱いでやろう。好い友達ができたじゃあねえか」

「友達……。へい、何よりの友達でございますよ」

あれから、仁吉は仲太郎と毎日のように会い、時を過ごすようになった。

仲太郎が賃仕事をこなす時は、そっと見張ってやるようにしたし、仲太郎が住む、赤坂新町三丁目の裏店にも顔を出し、崖の上での出会いについて正直に語った。

長屋の住人達は皆一様に、仲太郎が、破落戸達に追われているところを助けたことに礼を言いつつ、仁吉の身の上話に涙したものだ。

彼らと話したところでは、栄五郎が死んだとの噂を聞きつけた破落戸達が、そのどさくさに乗じて、

「栄五郎には金を貸していた。奴はいくらか遺したはずだ。そこからたとえ半分でも返してもらおうじゃあねえか……」

などと、あることないことを言い立てて、金にしようという腹に違いないと、考えはまとまった。

そんな連中と仲太郎を関わらせたくないと思って、栄五郎は住処を替えて、性質《たち》の悪い奴らとの付合いを断とうとしたのだ。

長屋の住人達は、貧乏暇なしが板についた者ばかりで、なかなか仲太郎に目が届かない。それゆえ、俄《にわか》に現れた仁吉を栄五郎に代わって頼りにし始めたのだ。

「守ってやりたい者がいると、強くならねばならぬか。ふふふ、考えてみればお前も随分と調子の好い野郎だな！」

竜蔵は、道場の前で仁吉の肩をぽんと叩くと、

「よし！　お前の緩み切った体を叩き直してやるから覚悟しろい！」

まず仁吉を稽古場に引っ張り込んで、防具は着けず小振りの袋竹刀で、自ら稽古をつけてやった。

これは、剣術というより喧嘩の稽古であった。

かかってくる仁吉の袋竹刀をかわし、隙を見つけて、肩、腹、腰、足、腕を軽く叩いてやる。

そのうちに、仁吉の隙は明らかに減ってきて、竜蔵も何度か打ち込まれそうになった。

――そういえば、昔はこんな稽古もしたものだ。

先生がいったい何を始めたのかと、珍しい稽古に若い門人達が目を丸くしていた。

「よし！　何のこれしき、もっと打て打て！　そんなことじゃあ、誰も守ってやれねえぞ！」

一刻（約二時間）ばかりで、仁吉はふらふらになったが、それでも目の輝きは失っていなかった。

――よし、これで何とか立ち直ってくれるだろう。

竜蔵は、それから小半刻《こはんとき》（約三十分）で稽古を切り上げて、

「財布は返ってきたし、お前はやる気になってくれたし、今日はやたらと嬉しいぜ。これから先は、暇を見つけて稽古をすりゃあいい。いつでも待ってるぜ」

仁吉を励ましてやった。

「へい！　ありがとうございます！」

先ほど勝太郎達に殴られ、今は竜蔵に袋竹刀ではたかれ、仁吉は、満身創痍《まんしんそうい》であったが、そんな痛みも何のその。その日は、道場から飛ぶようにして赤坂へと戻っていった。

「ふふふ、好い男だ……」

門の外まで見送ってやると、仁吉が来たと聞きつけた綾が、竜蔵の傍《そば》へとやって来て、

「いったい、どうしてしまったのです？」

体を引きずるようにして駆けて行く、仁吉の後ろ姿を眺めて目を丸くした。

あの思慮深い網結の半次が、顔に出るほど気に病んでいた、玉かんの仁吉の落魄《らくはく》であった。それが、これほどまでに元気になるとは、綾には意外であった。

それは峡道場の執政・竹中庄太夫も同じで、綾に続いて表に出て来て、

「いやいや、先生はまた、どのようなまじないを施《ほどこ》されたのですかな」

低く唸《うな》った。

「いや、おれにも何が何やらわからないのだが、ふふふ、仁吉の奴、守ってやらねばならぬ者が、新たにできたようだな」

竜蔵は愉快に笑ったが、綾のこめかみがぴくりと動いた。

「守ってやらねばならぬ者が、新たにできた……。なるほど、そういうことですか。それで、新しい畳の上で張り切っているというわけですね」

綾は、無表情でそう言い置くと、門の内へと戻っていった。

「新しい畳？　おい、綾、お前は考え違いをしているよ。おい綾……」

また落し穴にはまってしまったようだ。

綾の後を追う竜蔵の姿を、庄太夫は楽しそうに見ると、

「う～む、先生はますます御新造《ごしんぞ》様に頭が上がらなくなられたようじゃな。あの、馬鹿みたいに喧嘩が強いと恐れられた峡竜蔵がのう」

そこに、歳月が醸す味わいがある。庄太夫は、板頭こそが浸れる感慨に、しばし悦《えつ》に入《い》っていた。

九

　ともあれ。

　網結の半次と国分の猿三は、そうっとしておいたとて、どうにもならぬであろうと思われた仁吉の思わぬ立ち直りを聞いて驚きつつ、

「さすがは峡先生だ」

と、胸を撫《な》で下ろした。

　仁吉は、それからも三日にあげず、峡道場にやって来て、小半刻ばかり竜蔵に、例の喧嘩稽古をつけてもらうと、元気よく赤坂へと戻っていった。

　仁吉とて、今はまだ半次と猿三に会うのは決まりが悪かろうと、竹中庄太夫は、仁吉が稽古に来ている時は、知らぬふりをしてやるよう、半次と猿三にはからってやった。

　仁吉は、ますます顔色も冴え、稽古以外は、赤坂新町三丁目の仲太郎が住む裏店へ、毎日通うようになっていた。

　大家の伝兵衛《でんべえ》は、いっそこの長屋に移り住んだらどうかと言ってくれたが、未《いま》だにお豊を斬った下手人は誰かわかっていない状況である。

害が仲太郎に及んではいけないと、仁吉はこれを拒んだ。

あの勝太郎がこの辺りをうろついているとはいえ、先だっては峡竜蔵によってけ散らされている。

連中とていつまでも、栄五郎の死に便乗した儲《もう》け話などを追いかけている場合ではないだろうし、子供一人を見つけるのに、方々長屋を当ってもいられまい。

そのうちに仲太郎のことなど忘れてしまうであろう、それまでは念には念を入れるべきだと仁吉は考えていた。

「おじちゃんと、あそこで会ってよかったよ」

日々たくましく暮らす仲太郎は、思い入れたっぷりに仁吉に言った。

「おいらは、栄五郎のおじちゃんに拾ってもらったと思ったら、おじちゃんはすぐに死んでしまって……。どうしようかと思っていたら、今度は仁吉のおじちゃんに助けてもらった。おいらはほんとうについているよ」

こましゃくれた物言いも、独りで生きている仲太郎が言うと、何ともほのぼのとする。

天涯孤独《てんがいこどく》で、物心ついた時から、角兵衛獅子の芸人として、猿回しの猿のように鞭打たれ、こき使われてきた。やっと拾ってくれた男は博奕打ちで、すぐに死に別れると、この男の仲間と名乗る男達に一度は攫われそうになった。

そんな辛い境遇におかれても仲太郎は、

「ついている……」

と、言い切る。

色んな悪人を見てきたであろうが、

「やっぱりおじちゃんは、立派な親分だったんだね」

信じて疑わぬ健気《けなげ》さと、危なかしさが仁吉の胸を締めつける。仁吉は最愛の女房を失った痛手から未だに逃れられずにいるが、仲太郎にはそもそも最愛の人など存在すらしない。

彼はただ、一人で生きていかねばならないと悟った時から磨いてきた感性によって、日々暮らしているのだ。

そして、そんな子供は決して珍しいわけではない。

それなのに自分は、女房の死にうろたえて、己が務めを投げ出し、酒で悲しみを紛《まぎらわ》せて、死のうとまでした。

何と思いあがった振舞であったことか。

梅の花がちらほらと咲き始めた頃。

仁吉は、近くの百獣屋《ももんじ》で山鯨《やまくじら》（猪肉《いのししにく》）を仕入れることが出来たので、焼豆腐とこんにゃくなどと共に煮て猪鍋《ししなべ》にしてやろうと、仲太郎の家を訪ねた。

仲太郎は、

「こんなうまいものを食べたのは生まれて初めてだよ」

と舌鼓《したつづみ》を打ち、大喜びをしてくれた。

「おじちゃんのおかみさんにも食べさせてあげたかったね」

仲太郎は、泣かせる言葉も忘れない。

それでいて、仁吉がしんみりすると、余計なことを言ったと察して、

「おじちゃんは、小間物屋はもうしないの？」

すっと話題を変える。

「お前は好い男だな……」

こんな子供に気遣われている自分が、おかしくもあり、不甲斐《ふがい》なくも思われた。

「ああ、そのうちまた商売を始めるよ。今はその用意の最中さ」

仁吉はそんな風に取り繕ったが、確かに生業《なりわい》を持たねば、ただの遊び人だ。仲太郎には小廻りの用をこなす、小さな〝萬屋《よろずや》〟としての仕事があるというのに、自分がこれではいけない。

「仲さんの方の景気はどうだい？」

仁吉は、小さな相棒を〝仲さん〟と呼んでいる。

「あまり好いとはいえないねえ」

「ふふふ、そいつは困りましたねえ兄《あに》さん」

「おじちゃん、やっぱり、高いところには登らない方がいいのかねえ。目立ったらいけないのはわかるけど、これじゃあ、こちとら、商売あがったりなんだよねえ」

大人びた物言いが堪《こた》えられない仲太郎だが、

「そうだな。あがったりだな。何とかしねえといけねえな……」

仁吉の胸の内は、言い知れぬ怒りでいっぱいになってきた。

「よし、何とかしよう……」

仁吉は、帯に差した扇を広げて、風を顔にやりながら、大きく頷いた。その扇は、

「こいつは十手の代わりになるから、持っていな」

と、峡竜蔵がくれた一尺ばかりの鉄扇であった。

翌日。

朝からその鉄扇を懐に忍ばせた仁吉は、赤坂一帯を動き回った。猟犬のごとく、獲物を求めてのことであった。

獲物は、門前の勝太郎である。性懲りもなく悪事に手を染め、ますます世に害をなすあの男を、このままですますわけにはいかなかった。

あのような輩《やから》が、逆恨みをして、お豊を殺しやがったのだ――。

仁吉が胸の内に覚えた言い知れぬ怒りの元は、勝太郎が徒党を組んで、この界隈を肩で風を切ってうろついていることだ。

――あんな奴らに、仲太郎の仕事の邪魔をされてなるものか。

町を歩くごとに、御用聞きであった頃の嗅覚《きゆうかく》が戻ってきた。

このところまた武芸で引き締めた体に、細縞の着物と羽織を着て、貫禄たっぷりに物を言う仁吉を、町の者達は、

「どこかの親分さんで……」

と思ったか、皆一様に、進んで訊ねたことに答えてくれた。

赤坂今井町《いまいちよう》の南方に妙福寺《みようふくじ》という寺があり、その境内に四人の破落戸が毎日のようにたむろしている――。

昼下がりとなり、それが耳に入ってきた。

その破落戸こそ勝太郎達だと、仁吉は目串《めぐし》を差した。

今は氷川《ひかわ》明神の鳥居前。先日は、ここからほど近い三軒屋で、連中の不意打ちにあ

ったが、今度はそうはさせない。

武者震いを抑えてひとっ走りすると、たちどころに妙福寺に着いた。

汗ばむ顔を手拭《てぬぐ》いで拭うと、カチンと足下で音がした。

「そうか、まだこいつのことを忘れちゃあいなかったんだな」

石畳に手拭いからこぼれ落ちたのは、お豊の玉簪であった。今日、家を出る時に知らず知らずのうちに手拭いに包んで懐に入れていたのだ。

仁吉はそれを拾いあげると、

「お豊、おれのことなら心配はいらねえよ。好い友達ができたのさ」

空に向かって語りかけ、帯に差した。替りに手にしたのは件の鉄扇。

風が出てきて、ゆったりと空に居座っていた白い雲を吹き散らした。

境内の裏手に四人の姿はあった。

不景気な顔を突き合せて、何やら悪巧みの最中のようだ。しばらく息を潜めて様子を窺うと、

「仲太郎とかいうガキのことなんて、もうどうだっていいじゃあねえか」

一人が溜息交じりに言った。

「この辺りにいるようだが、もう捜すのにも疲れちまったよ」

さらに一人が愚痴を言った。やはりこ奴らは仲太郎の行方を捜していたのだ。だが、いかにも頭が悪い。こんな見るからに人相風体が卑しい連中が、方々訊ね歩いても、誰が親身になって話を聞くというのだ。

長屋の住人達と話した通りである。栄五郎の死に乗じて、何とか金にしてやろうかと思ったが、それも面倒になってきたようだ。

そもそもが勤勉でない者が集まってよたっているのだ。当り前のことなのだ。

「おまけに、この前はおっかねえ剣術遣い《いて》に痛え目を見せられたとくらあ……」

三人目が文句を言ったが、

「馬鹿野郎！　お前らは堪え性のねえのろまばかりだぜ。あの仲太郎にはなあ、ちょっとした値打ちがあるんだよ！」

勝太郎が吠《ほ》えていた。

――お豊、お前がこの場に引き合せてくれたんだな。まったく好いところに来たもんだぜ。

仁吉は、今までの自分を取り戻す戦いに出た。

「おう！　手前らここにいやがったか。この前の礼をしに来たぜ」

彼は真っ直ぐに臆《おく》することなく、四人の前へと歩み寄った。

「何でえ、誰かと思えばどぶねずみの親分じゃあねえか……」

勝太郎は薄ら笑いを浮かべたが、今日の仁吉はどぶねずみとは呼べない男振りであると気付き、その顔は引きつっていた。

数侍《かずだの》みにするにしても、ただ一人で礼をしに来たと言う限りは、負けるつもりで喧嘩を売っているわけでもなかろう。

それは他の三人にも伝染した。

「や、野郎……」

脅《おど》すつもりで一人が懐に呑《の》んだ匕首《あいくち》を抜いた。

仁吉はそれを待っていた。得物には得物である。鉄扇を心おきなく使える。

「馬鹿め！」

仁吉は、鉄扇をそ奴の面にくれた。

峡竜蔵仕込の遠間からの打ち込みであった。

それがしっかりと決まり、頭を押さえてその場に崩れ落ちる一人には目もくれず、呆気に取られて、やっと懐の匕首に手を差し入れた新たな一人の胴を打った。

こ奴もまた、脇腹を押さえて屈み込む。

間髪を容《い》れず、これまた竜蔵仕込の飛び蹴りを一人に入れると、逃げ出した勝太郎を追いかけた。たちまち追いついて組みつくと、馬乗りになり勝太郎の顔面に拳《こぶし》の雨を降らせてやった。

「勝太郎！　おれは今じゃあ十手は持っちゃあいねえ。だからこいつはただの喧嘩だ。お前をとことん痛めつけてやらあ！」

「お、親分、おれが悪かった。助けてくんな！」

「いいかよく聞け。おれはこれからこの辺りで暮らすつもりだ。今度お前を見かけたらぶち殺すから、そのつもりでいろぃ！」

既に勝太郎は伸びていた。

「手前ら、いつでも相手になってやるぜ！」

捨て台詞と共に、仁吉は駆けた。

この興奮を一刻も早く誰かに伝えたかった。

彼の足は、自ずと六本木《ろっぽんぎ》から飯倉片町《いいぐらかたまち》へ向かっていた。

目指す先は、三田二丁目の峡道場であった。

十

「先生！　やってやりました！」

道場へ駆け込むや、仁吉は勝ち戦の報告をしたものだ。峡竜蔵は見所《けんじょ》から下りてきて、

「やってやったか」

「へい、四人共、やってやりました」

「そうかい。そいつは大したもんだ。仁吉、ちょいと一杯やるかい」

そう言って、行きつけの居酒屋〝ごんた〟に連れていった。

仁吉は、その席で、

「そんなことなら、そのまま御用聞きを続けていればよかったんじゃあねえか！」

などと叱りつけられるのだろうと、気を張っていたが、竜蔵は何も言わず、時折、仲太郎のことなど訊ねるだけで、このところの峡道場の様子を語り、

「どうも近頃は物忘れがひどくて困る」

実に淡々としている。

仁吉は、そのうちに落ち着いてきた。

色んなことがあったものの、それもこれも何げない日常のひと時に思えてきた。

あれこれと、おかしかったことを話し、哀《かな》しかったことを嘆いてみたり、頭にくることを憤ってみたり――。

不満を言えばきりがないが、とにかく今の自分には、そんな話が出来る相手がいる。一杯飲むくらいの銭もある。

そこに想いが至ると、何やら幸せな気分になってきたのだ。

「先生は、あっしにちょっとした義理がある、なんて仰っていましたが、あっしは何か先生に好いことをしてさしあげましたかねえ」

このところは控えていた酒が、心地よく仁吉の体に沁みわたる。

「取り立てて、何かしてもらったことがあったわけではないのだ」

「そうでしょうねえ……」

「だが、ちょっとしたことなのに、随分と心に残っている思い出があるのだよ」

「どんな思い出です」

「まだお前と会って間なしの頃だ。おれは、冴えねえ毎日を送っていた……」

「あっしが初めてお会いした頃の先生が、冴えなかった？　そんなはずはござんせん」

当時の竜蔵は、喧嘩無敵の称号を手に入れ、かつ剣客として注目を浴び始めた勢いに溢れた頃だと、仁吉は心得ていた。

少しずつ弟子も増え、大目付・佐原信濃守の後盾を得て、

「さあ、これからだ！」

という時ではなかったか。

「いやいや、そこが他人の見る目と違うところだ」

「そうですか？」

「ああ、何をしても半端者……。時折、おれはこれからどうなるんだろうという想いに捉われて、いてもたってもいられなくなることがあったのさ。だが、おれも道場の主だ。人に弱味は見せられねえ」

「疲れますねえ」

「ああ、ある日、どっと疲れが出た。どこかへ消えちまいたくなった。そん時、お前が稽古に来ていて、〝ちょいと一杯、付合ってもらえませんか〟と、言った……」

「そいつは、相すみません。先生の気持ちも知らずに……」

「いや。〝ちょいと一杯……〟何でもねえ言葉だが、おれはそいつに救われたような気がした」

「あっしはただ、先生と馬鹿っ話でもしてえなと思っただけで……」

「それがありがたかったのさ。人は勝手でな。こんな時に酒に誘う奴があるか、なんて思うこともありゃあ、よく誘ってくれたと思う時もあるもんだ」

「なるほど……。わかります。死にてえ気持ちになった時に、仲太郎が声をかけてくれた……。縁ですねえ」

「そうだ。おれとお前は縁があるんだ。そん時おれは、くだらねえ話をして、軽く酒を飲んでいるうちに、何だか知らねえが、頭の中がすっきりしたんだ。お前にはその義理があるのさ」

「それで、あっしの噂を聞いて、会いに来てくださったんですかい」

仁吉の目に、じわりじわりと涙の玉が浮かんできた。

「そういうことだ。会ったら〝ちょいと一杯行くか〟なんて声をかけてやろうかと思ったが、お前はもうすっかりと飲んでやがった」

「相すみません」

「ははははは……」

竜蔵は、頬笑みながら小座敷の障子窓を開けて風を入れた。

軒行灯《のきあんどん》の明かりに、花を咲かせた紅梅《こうばい》が、ゆったりと揺れているのが見える。

「だが、やっと言えてよかったぜ。〝ちょいと一杯……〟、うむ、好い言葉だな……」

「先生が言いなさると、何やら味わい深《ぶけ》えや」

「あたぼうよ。おれも四十二だぜ……」

第二話　玉のかんざし

一

いかにも力持ちだと言わんばかりの屈強な男が数人、連れだって道を行く。

皆一様に大きな荷を背負い、笠《かさ》と合羽《かっぱ》を手に、手甲脚絆《てっこうきゃはん》の旅姿――。

どの顔もにこにことしている。

「そうか、椋鳥《むくどり》か……」

仁吉は、ふっと笑って呟《つぶや》いた。

この日は、二月の三日で、信濃国《しなののくに》方面から江戸へ出稼ぎに来ている男達が、いとまをとって郷里へ帰る日であった。

日増しに暖かくなる春の日射《ひざ》しを浴びながら、軽快な足取りで帰路につく彼らを見ていると、

「帰るところがあるってえのは、ほんに好《い》いもんだな」

つくづくと思えてくる。

恋女房を亡くし、帰るところはおろか、生きる望みすら失った仁吉であるが、今は幸せそうな〝椋鳥〟達と行き合ったとて、素直に笑みが浮かんでくる。

仲太郎という小さな友を得て、新たな暮らしを赤坂に求めた仁吉は、順調に立ち直っていた。

子供ながら健気《けなげ》に自立する彼を見ていると、ぶらぶらしてもいられずに、早速、赤坂新町三丁目の表通りに、間口一間半（約二・七メートル）の小体《こてい》な貸店《かしだな》を見つけた。

両隣は、箱屋と骨董《こっとう》屋で、小さいながらもこざっぱりとしていて二階もある。

小間物屋を開くにはちょうどよいだろう。

親の代からの商売である。場所さえ決まれば、すぐに店を始められる伝手《つて》はある。

仁吉の回復ぶりを喜んだ網結の半次は、

「方々から祝儀を預かっているぜ」

と、金子《きんす》を届けてくれた。

かつて仁吉に用を頼んだことのある同心や、仲間内の親分衆からの祝いだというが、合わせて五両ばかりあった。

あまり額が多いと受け取れないだろうとの、半次の配慮が窺《うかが》われる。

実にありがたかった。自分が何もせず酒に注《つ》ぎ込んだ金を、皆が払ってくれたようなものではないか。

それを思うと申し訳ない気持ちでいっぱいになった。

先日は峡竜蔵が、

「ちょいと一杯やるかい」

と、飲みに連れていってくれた折に、

「また小間物屋をするのだろう。その時の足しにしておくれ」

と、二分包んでくれた。

人の情けが身に沁《し》みる。

——こいつはひと頑張りして、この恩を返していかねばならねえな。

強い想《おも》いが湧《わ》いてくるが、

——どうして返せばよいやら。

一方では溜息《ためいき》が出る。

皆は、小間物屋〝㊁《まるじん》〟を営む傍《かたわ》らで、また御用の筋を務めるのを待っているのかもしれない。

だが、一旦《いったん》投げ出してしまった御用聞きに今さら戻れるとは思っていない。

そこがどうも引っかかる。

血まみれになって息も絶え絶えに、仁吉の名を呼んでいたお豊の顔が、やはり今でも浮かんできてならない。

御用聞きになど戻れば、何かにつけて思い出すことになるだろう。それが自分を狂気に陥《おとし》れないか。それが心配でもあった。

「いけねえ、いけねえ。誰《だれ》もおれに、十手を持てとは言ってねえじゃあねえか……」

仁吉は、考え過ぎだと自分を窘《たしな》めた。

先々のことを気にかけてしまうのは悪い癖だと思い直した。

とはいえ、先の心配が出来るようになっただけでもよしとせねばなるまい。

それは即《すなわ》ち、自分には未来があるという証《あかし》ではないか。

今日はひとまず、この貸店を借りる話をつけた。ここが自分の帰る場所になるのである。

それからは、まず貸店とは目と鼻の先にある、仲太郎が住む〝伝兵衛長屋〟へ顔を出し、

「おう仲さん、おれも商売を始めることにしたよ」

「そいつはよかったね。おじちゃんも、〝一国一城の主《あるじ》〟ってわけだね」

などと、こましゃくれた口を利く小さな友達と笑顔で言葉をかわし、仁吉は今住んでいる成満寺の西側にある裏店《うらだな》へと帰るところであった。

あれこれ物思ううちに、信濃路へと向かう椋鳥の男達の姿は消えていた。

裏店への道中には、寺に囲まれた一角がある。

そこにさしかかった時。

人の往来が途絶《とだ》え、仁吉は静かな道のどこからか、自分を見ている者の気配を覚えた。

――いけねえ。誰かにつけられているぜ。

仁吉は四肢に気合を注入し、引き締めた。

あれこれとくだらないことを考えているうちに、しばらくの間気付かなかったのに違いない。

――おれに恨みを持っている野郎は、何人もいるんだろうなあ。

思い当る節は多々あるが、そんなことに気を取られている場合ではない。

仁吉は気を張りつつ、素知らぬ顔を保ったままで、北へと歩みを進めた。

自分を見張る者の気配がふっと消えた。

――気のせいか。いや、そうじゃあねえ。

気配は消えたかと思うと、また出てくる。

余の者ならわからぬであろうが、

――玉かんの仁吉をなめちゃあいけねえ。

仁吉は、相手も大した奴《やつ》だと警戒しつつ、まだ自分にそのような勘が残っていたことが誇らしく、

――さて、どうしてやろうか。

己《おの》が戦法を構築し始めた。

――相手は二人か三人くらいだろう。

仁吉は、帯に差した扇子にちらりと目をやった。

一尺（約三十センチ）ばかりの大振りの扇子の骨は、鉄で出来ている。

峡竜蔵が、護身にとくれた鉄扇である。

駆けつつこれを揮《ふる》えば、二人であろうが三人であろうが、相手にすることは難しくなかろう。

――まず揺さぶってやろう。

仁吉は、浄土寺《じょうどじ》にさしかかったところで、突如として駆けた。

その刹那《せつな》、背後で大きな足音が聞こえた。

――やはりいやがった！

体の毒となっていた酒は、今はもう百薬の長に変じている。もちろん、朝から酒徳《さかどっ》利《くり》を探すようなことはない。

峡道場に通えば、竜蔵の邪魔になるかもしれないので、酒毒が抜けてからは、人目を忍んで棍棒《こんぼう》を振ったり、鉄扇を十手の代わりにして自分一人で稽古《けいこ》に励んできた。

それゆえ体のきれは絶妙である。

仁吉はこの辺りの道は、既にしっかりと頭と体に叩《たた》き込んである。それが何よりの護身なのだ。

――さあ、来やがれ！

仁吉は、細い路地を縦横無尽に疾駆《しっく》した。

そして、寺の境内《けいだい》の裏手に出た時、追手の足音はただ一人になっていた。

全員を撒《ま》いてしまっては敵が知れなくなる。

――ちょうどいいや。ここで勝負だ！

仁吉は、板塀を背にして振り返った。

目の前には誰もいなかった。敵もさる者で、その刹那に物陰に隠れたのであろう。

「おれに用があるんだろう。出てきやがれ……！」

仁吉は、寺の者達が恐がってはいけないと、低くずしりとしたよく通る声で言った。

それは当を得ていた。

「おみそれいたしやした……」

石燈籠《いしどうろう》の陰から一人の男が出て来た。

「おいおい……。勘弁してくれよ……」

途端、仁吉は脱力した。

男は、国分の猿三であったのだ。

二

「いや、くだらねえ真似《まね》をしてすまなかった。許してくんな」

国分の猿三は、頭を掻《か》きながら仁吉に詫《わ》びた。

「言い訳がましいが、網結の親分が、お前のことをやたらと気にかけていなさってな……」

「そいつは何かい？　また誰かが、おれを付け狙《ねら》っているんじゃあねえかと？」

「そういうことさ」

「なるほど、人の恨みはなかなか消えねえものだからな」

「この前、勝太郎って馬鹿をのしちまっただろう」

「奴はその仕返しに来るほど、性根の据った男じゃあねえよ。あれから、まったく姿を見せなくなったぜ」

「そいつはそうなんだろうが、玉かんの仁吉の名が、あの喧嘩《けんか》でまた人の知れるところとなった節がある」

「そうだな。ちょいとばかり目立っちまったかもしれねえな」

「網結の親分は、その辺りを気にかけていなさるんだよ」

仁吉が、勝太郎達四人を叩きのめし、飲んだくれから蘇《よみがえ》ったことを、峡竜蔵は大いに喜んだが、それと同時に、網結の半次と国分の猿三には、

「これで一件落着とはいかねえ気がするぜ」

そう伝えて、しばらく様子を見た方がいいだろうと話はまとまった。

注意を促すと共に、落ち着いたところで、未《いま》だ下手人がわからない、お豊殺しについて考えた方がよい。

それで、猿三は赤坂まで出張ってきたのであるが、ふと、道行く仁吉を見かけたので、

「ちょいとお前をつけてみようかと思ったのさ」

「まだまだ腑抜《ふぬ》けのままかもしれねえと？」

「ふふふ、まあそう言うなよ」

「で、どうだった？」

「だから言ったじゃあねえか。〝おみそれいたしやした〟と」

「国分の猿三がつけているのに気付いたんだ。まんざらでもねえだろ」

「ああ、ほっとしたよ」

「だが、恐かったぜ。さすがは国分の猿三だな。一人につけられているとは思わなかったよ」

「気取られたら何にもならねえよ」

二人は、ふっと笑い合った。

網結の半次を親分と慕う同士である。仁吉と猿三とは兄弟分の間柄で、

「どっちが先に、腕っこきと呼ばれるか……」

競い合った昔が思い出されて、話すうちにほのぼのとしてきた。

肩を並べて道行く二人は、やがて赤坂田町の通りに出た。

「おれの家へ寄っていくかい？」

「いや、ちょいと一杯やろうじゃあねえか」

「あいにくおれは、日の高《たけ》えうちは飲まねえことにしているのさ」

「よく言うぜ。ほんの少し前は、一日中飲んでたくせによう」

「あん時はすまなかったな」

「いいってことよ……」

二人の傍らに甘酒屋が見えてきた。

「近頃は年中甘酒を売っている店が増えたもんだな」

仁吉が立ち止まった。

「日は高えが、甘酒ならいいだろう」

猿三は、仁吉を誘って、表の床几《しょうぎ》に並んで腰かけた。

女中が甘酒を運んでくると、仁吉はそれを美味《うま》そうに啜《すす》って、

「網結の親分が気にかけてくださるのもありがてえが、峡先生は相変わらずおもしれえお人だなあ」

と、顔を綻《ほころ》ばせた。

「ほんの少しだけしか縁がなかったこのおれに、とことん関《かか》わってやろうとはなあ」

「それが先生の性分なのさ」

「ありがてえ性分だ、おれは弟子でもねえのによう」

「お前一人なら、放《ほう》っておいてもいいだろうが、やっかいを抱え込んだままじゃあ、小せえ相棒の面倒を見にくいだろうと言っておいでだ」

「仲太郎のことか。そうだな。仰《おっしゃ》る通りだ」

仁吉は深く頷《うなず》いた。

「思い出したくもねえだろうが、例の下手人はまだ捕まっちゃあいねえ」

猿三は低い声で言った。

仁吉の女房・お豊は、仁吉と間違われて一刀を浴びた。

つまり、仁吉を殺そうと企《たくら》んだ者がいて、そ奴は未だどこかに潜《ひそ》んでいるわけだ。

御用聞きの女房を殺したのだ。町奉行所の役人達は、血眼《ちまなこ》になって探索するだろう。

そうと知りつつ、再び仁吉の命を狙いにくるとは思えない。

実際、仁吉が手札を返上し、酒浸りの暮らしを送っていた時、敵は仁吉を狙おうと思えば容易《たやす》く仕留められたはずだ。

それをしなかったのは、二つの理由が考えられた。

ひとつは、ただ召し取られるのを恐れて遠くへ逃げていて、仁吉の状況を摑《つか》んでいない――。

もうひとつは、御用聞きから身を引き、世捨て人になってしまった仁吉には、もう用はない。殺したも同じであるから、わざわざ危険を冒してまで近付くこともないと、打ち捨てている——。

ということだ。

いずれにせよ、お豊を殺した者、またそれを仕組んだ者が、今後仁吉の前に現れるとは思えないというのが、網結の半次の見解なのだが、それでも仁吉自身が思っているように、

「人の恨みはなかなか消えねえものだ。いつ何時、下手人が仁吉の命を狙おうとするかはわからねえ」

峡竜蔵は、半次と猿三に強い口調で言ったものだ。

「先生の仰ることは、まったくその通りだ。だが、おれは下手人捜しはできねえし、仲太郎の面倒も見てやりてえ」

仁吉は神妙な面持ちで言った。

「そいつはよくわかっているさ。下手人を捜し出すのはおれ達の務めだ。不甲斐《ふがい》なくてすまねえな」

「とんでもねえ……」

「要は、何が起きるかわからねえから、気だけは張っておくように……。それが、先

生や親分、おれの願いだってことを伝えたかったんだが、こいつは釈迦《しゃか》に説法だったようだ」

「いやいや、ありがてえお言葉だ。しっかりと胸にしまっておきますと、お伝えしてくれねえかい」

「そんなものは手前で言いに行きな」

「だがよう……」

「先生からもうひとつ託《ことづ》かっているんだ」

「何だい？」

「いざって時のための技を教えてやるから、稽古場に顔を出せとの仰せだ。遠慮などしたら承知しねえ、仲太郎のためだと思え、てさ……」

「わかったよ。かっちけねえ！」

三

仁吉は、その足で三田二丁目へと駆けた。来いと言われたら、すぐに行かねば感謝の値打ちが下がるのだ。

道中、買い求めた軍鶏《しゃも》をかざして峡道場に駆け込むと、

「おう、来やがったな。何でえそいつは、軍鶏か……」

竜蔵は、その時見所《けんじょ》にいたが、仁吉が早速来たことに上機嫌で、すぐに出入口へとやって来た。

「こいつは、その御指南いただくお礼でございます」

「馬鹿野郎、そんなものはいらねえんだよ」

「ですが、それじゃあこっちも心おきなく教えていただけませんや。銭金じゃあねえと、お叱《しか》りを受けるのは承知いたしておりやすから、今日はひとまず軍鶏で願います」

「ははは。そうかい。そんなら後でこいつを肴《さかな》に一杯やろう」

竜蔵は、七歳になる息子の鹿之助《しかのすけ》をその場に呼び出して、

「鹿之助、こいつは軍鶏だ、もう羽はむしってある。どうだ、気味が悪いか」

と、目の前で揺らしてみせた。

「気味が悪い？　わたしはへいきのへいざでござりまする」

鹿之助は澄まし顔で、軍鶏を手にすると、

「母上におわたししてきます」

母屋の台所へ、小走りに去った。

「ふふふ、口はばったいことをぬかしよって」

竜蔵は苦笑すると、

「お前の相棒の仲太郎はどんな様子だい？」

「へい、こちらの若よりも、もっとちょこざいな口を利いております」

「だろうな。だが、子供から教えられることもある。大事にしてやりな」

「へい。そう思っておりやす」

「よし、そこで稽古だ。鉄扇はどうだ。十手の代わりになりそうかい？」

「へい、これほど重宝なものはござんせん」

「だが、そうはいっても、鉄扇は一尺ばかりだ。刀を振り回されると、よほどの達人でも大変だ」

「仰る通りで……」

「そうなると、竹の杖《つえ》が役に立つ。竹といっても、中に鉄棒が仕込んである勝《すぐ》れもんだ」

竜蔵はそう言うと、仁吉を拵《こしら》え場に連れていき、

「こいつは三尺（約九十センチ）足らずだが、刀相手なら役に立つぜ」

ずしりとした重みのある竹杖を手わたした。

仁吉はそれを軽く振ってみて、

「こいつは大したもんだ。先生は、色んな物を持っておいでですねえ」

深く感じ入った。

「おれもな。方々で暴れ回っていたから、よく付け狙われたものさ。といって、武士がやたらと刀を抜けるものでもねえ。そんな時のために、持ち物にあれこれ工夫をしていたのさ」

「先生……」

「何だ」

「そんなことをして、よくこれだけの道場の師範にお成りになりましたねえ」

「ははは、だから未だに立派な先生になれねえんだよ」

「先生は立派でさあ」

「まあ、何でもいいや。こいつをお前に渡しておくから、暇な時に振り回しておくがいい」

「ありがとうございます」

「で、しばらく稽古はこれでつけてやろう」

竜蔵は、仕込みの竹杖と同じ長さの竹刀を、仁吉に持たせたのである。

その日はそれから、竹杖での戦いを想定して、半刻《はんとき》（約一時間）ばかりだがみっちりと中身の濃い稽古が行われた。

御用聞きとしてではなく、剣客として稽古に励めばおもしろいことになったものを――。

かねてから竜蔵は、仁吉の剣才を高く評価していたので、師範として、いかに仁吉が剣技を吸収していくかを見ておきたかったのであった。

仁吉は、今日の稽古で大いに手応《てごた》えを覚えた。鉄扇を懐《ふところ》に忍ばせておいて、手には鉄棒が仕込まれた竹杖。その姿で行商をしたとすれば、背中は荷で防がれている。いきなり襲われたとて、不覚はとるまい。

件《くだん》の竹刀で、身には防具を着けて、峡道場古参の弟子達と立合をしたが、仁吉はまるでひけをとらなかった。そして遂には、

「よし……！」

竜蔵を唸《うな》らせたのである。

稽古が終ってから、竜蔵は母屋の自室に仁吉を招いた。そこには、軍鶏鍋の用意も出来ていた。

相伴するのは、網結の半次と国分の猿三。仁吉は顔を綻ばせた。

竜蔵は、今日こそお豊殺しの下手人に対する想いを聞いておこうと思ったのであろう。

今までも、役人に問われたことは何度もあった。しかし仁吉は、あの日のことはあまりにも衝撃が強過ぎて、思い出そうとすると、頭の中が割れるように痛み、記憶がどこかへとんでしまう。

とはいえ、あの一件を解決に導くのには、やはり仁吉の記憶を辿《たど》ることが重要なのだ。いつまでもうだうだ言っていても仕方がない。正面から向かい合うことが、この三人への恩返しでもある。

ほどよく軍鶏の脂がのった薄味の出汁《だし》を啜り、上燗《じょうかん》の酒に気持ちがほぐれると、

「あっしも、色んな奴らから恨みを買っておりやしたが、まず考えられるのは、あん時、探りを入れていた連中が、あっしを目障りだと思って刺客を差し向けたってところでしょうねえ」

自ら、お豊殺しの下手人像について語り始めた。

たちまち、竜蔵、半次、猿三の表情が綻んだ。

今の仁吉なりに、お豊の仇《かたき》を討ってやろうとする姿勢を示してくれたことが嬉《うれ》しかったのである。

「まず仁吉の言う通りだろうな」

半次が力強く頷いた。

「おれも一通りは調べてみたんだが、これというとっかかりに辿りつけねえ」

猿三が、しかつめらしい顔で続けた。

「面目ねえ……」

仁吉が頭《こうべ》を垂れた。

仁吉が飲んだくれている間も、半次と猿三は手先を動員して、仁吉が関わっていた件を探っていたし、奉行所の方も、

「何としてでも下手人を捕まえるのだ」

と、号令を発していたのである。

半次と猿三にとっては、当時仁吉が何を探っていたかを確かめるのはさして難しいことではなかった。

仁吉が縄張りとしている青山界隈《かいわい》は、仁吉の親分である半次にとっても、勝手知ったるところである。

仁吉とは、あれこれ情報を交わしていたから、仁吉が呆然《ぼうぜん》自失として、何も考えられなくなっていた間にも、大よその察しはついていた。

「二年前から、ちょくちょく原宿村《はらじゆくむら》、宮益町《みやますちよう》、御掃除町《おそうじまち》で起きている、けちな盗みが同じ者の仕業じゃあねえかと動いていた……」

猿三がひとつひとつ挙げていった。

「それと、羽根沢村《はねざわむら》に百姓に化けた盗人《ぬすつと》がいるんじゃあねえかと、そっと調べていた……。それから、いくつかの門前町の小博奕《こばくち》について……。善光寺の境内で、抜荷が捌《さば》かれているんじゃあねえかと目星をつけていた……。そんなところだろう？」

仁吉は、いちいち相槌《あいづち》を打って、

「さすがは国分の親分だ」

と、感じ入った。

「ははは、お前は何かってえと、網結の親分に智恵《ちえ》を借りに来ていたじゃあねえか。こんなものを調べるのはわけもねえや」

猿三は、手を振りつつ照れ笑いを浮かべた。

竜蔵は、黙って軍鶏に舌鼓を打っていたが、

「どれも思い当る節がねえんだな」

と、三人を見廻《みまわ》した。

半次と猿三は、頷きつつ仁吉を見た。

「あっしが言うまでもねえようですが、二年ほど前からちょくちょく起きている盗みは、多くて五両までのけちな泥棒で、そんな野郎が、あっしを殺しに来るとも思えません」

「だろうな。羽根沢村の盗人は？」

「ただの噂《うわさ》でございました」

「門前町の小博奕は……、これまた言うまでもねえか。善光寺の境内の抜荷はどうだ？　こいつはいかにも闇《やみ》の元締なんかが動いていそうだ」

「へい、こいつもただの噂だったようで、抜荷の咎人《とがにん》は、品川で捕えられたと聞いております」

「お前に恨みを持つまでもねえな」

竜蔵は溜息をついた。

「て、ことは、前にお前が追い詰めて、奉行所に捕えられた奴の仲間が怪しいな」

「へい。そういうことかもしれやせんが……」

御用聞きなどというものは、奉行所の役人に手柄を立てさせるため、影になって働くので、特に〝奴のせいでお縄《なわ》になった〟と、恨みに思う者は少なかろう。

たとえば、十手に物を言わせて、まるで罪のない者を陥れたのならば、恨みも買うだろうが、仁吉に限っては有りえない話である。

竜蔵にもそのくらいの理屈はわかる。

「とどのつまりは、仁吉を恨んで殺しに来るような野郎は思い浮かばねえから捕えようがねえってことだな。ああ、まどろこしいことこの上ねえや。だがな、朝がこねえ夜はねえんだ。何かの拍子に、〝そういやあ、あん時の……〟てな風に思い当る日も来るだろうよ。そん時までは仁吉、抜かるんじゃあねえぞ」

そう言って締め括《くく》ると、竜蔵はそれから一切お豊殺しについては触れず、馬鹿話を続けて三人を笑わせた。

国分の猿三の尾行に気付く用心深さと、気構え。竹杖を手にすれば、その辺りの浪人者の用心棒よりも余ほど腕が立つと、改めて実証した稽古場での躍動を見て、すっかりと安心したのである。

不思議なものだ。

仁吉を狙う者は恐らくこの後現れないだろうと予測しつつも、どこか喉《のど》に小骨が刺さって取れないようなもどかしさがあった。それが、

「朝がこねえ夜はねえんだ」

などと竜蔵が言うと、たちどころにちくちくとした痛みが治っていく。

及ぶべくもないが、そのような男になりたいと、仁吉は湧き立つ想いを、軍鶏の引き締まった肉と共に嚙《か》み締めていた。

四

仁吉は、それから間もなく小間物屋を開いた。

店番を雇って、かつての得意先を廻ろうかとも思ったが、今の自分が方々に出廻っても、かつての客達は皆、お豊のことを知っているだろうし、何と声をかけてよいか戸惑うに違いない。

この地に住むと決めたのだから、まず店に来てくれる客を待ち、少しずつ商売にも馴染《なじ》んでいくことにした。

まだ、貯《たくわ》えの金子は残っている。焦らずともよい。

堅気の小間物屋の主として、仲太郎と付合っていく第一歩となればよいのだ。

仲太郎は、早速店にやって来た。

「いいなあ。これくらいの店がちょうどいいよ……」

まず、こましゃくれた口を利いて、

「でも、初めて会った時のおじちゃんは、なんだかさえないおやじだったのに、人は変わるもんだねえ」

一人で感慨に浸ったものだ。

「また、口はばってえことをぬかしやがる……」

仁吉は苦笑したが、仲太郎にやり込められるのは真に心地よい。

「まず、何もかもお前のお蔭《かげ》だ」

「そう言われると、こそばゆくなるよ」

「あれから、おかしな野郎は見かけねえか？」

「まるで見かけないね。あの勝太郎とかいうのを、おじちゃんがこっぴどくやっつけてくれたからね。このところは、町の兄さんたちがおいらを見る目も変わってきたよ」

「そうかい？」

「ああ、みんなおいらに声をかけるんだよ。仁吉の旦那《だんな》によろしくつたえてくんな、なんてね」

「おいおい、おれはただの小間物屋のおやじだよ。そんな男伊達《おとこだて》の親分みてえに言うんじゃあねえと、今度声をかけられたら言っといてくんな」

「うん、わかった」

「とにかく、お前が無事で何よりだ。栄五郎さんも、あの世でほっとしていなさるだろうよ」

「それもおじちゃんのお蔭だね。暇な時は店を手伝ってあげるよ」

「そいつはありがてえ。そのうちこの店の二階にお前を迎えて、二人で店を切り回してえと思っているのさ」

「おいらと二人で？　ほんとうかい？」

「ああ、お前となら楽しくやっていけそうだ」

「おいらを小僧でやとってくれるんだね」

「お前みてえなしっかり者を小僧になんてしねえよ」

「じゃあ何だい」

「大番頭さ」

「大番頭？」

「ただし、しばらくはおれとお前の二人だけだ」

「なるほど、そいつはいいや。〝萬屋《よろずや》〟なんてやめちまって、すぐにでも行くよ」

「だが今はまだ呼んでやれねえ。そのうちにな……」

「そのうちってえのは、いつのことだい？」

「おれのかみさんを殺しやがった奴がお縄になったらな」

「そうかい……」

仲太郎は哀《かな》しそうに俯《うつむ》いた。

「おじちゃんは、おいらがまきぞえをくうんじゃあないかと、思っているんだね」

「ふふふ。お前はほんに頭の好い奴だなあ」

「そりゃあ、苦労してきたからねえ」

「色々と智恵もつくか？」

「うん。まあ、そうだねえ。でも、おいらは大丈夫だよ。いざって時は、こんな風に……」

仲太郎は、猫が家の中で遊ぶように、軽々と棚を伝って、店先の天井の梁《はり》に身を移してみせた。

「大したもんだ。大掃除の時には来てもらいてえもんだ」

仁吉は、上から手を振る仲太郎に、呆《あき》れ顔で言った。

それから仲太郎は、仁吉の言葉に反して、頻繁に店へやって来て、仕事を手伝った。

さすがに、二階の部屋に越してくるのは諦《あきら》めたようだが、

「今さらおじちゃんの命を狙おうなんてやつはいやしないよ」

と言って甲斐甲斐しく働くのだ。

長屋の大人達が話すのを聞いているのであろう。

「おじちゃんのお仲間には、強え人がいっぱいいるって聞いたよ。それじゃあ、狙うに狙えないね」

いつものこましゃくれた物言いで仁吉を煙《けむ》に巻くのである。

追い返すわけにもいかず、仁吉はどうしたものかと首を捻《ひね》ったが、仲太郎は、自分を勝太郎から救《たす》けてくれた仁吉へ、彼なりの恩返しをしているようだ。

櫛《くし》、簪《かんざし》、笄《こうがい》……。品物は子供でも持てる大きさである。働き者の仲太郎がいてくれると、寂しくないいし、随分と助かった。

客の前では、

「だんなさま……」

と、仁吉を立て、軽妙な口調で客あしらいをするので、

「小さい兄さん、あたしに合いそうな櫛を見立てておくれな」

などと、粋筋《いきすじ》の女達からも人気を得て〝㊁〟の開店を盛り上げてくれた。

仲太郎が住む〝伝兵衛長屋〟は、店の裏手にあり、露地木戸までは二、三十歩で行けるところにある。

仲太郎が長屋に帰る時は、いつも見送ってやれるし、必ず日の高いうちに帰らせたので、まず自分が襲われた時に巻き添えをくらうこともあるまい。

仁吉は、いつしか仲太郎を気軽に店に迎え入れるようになった。

自分さえ油断せぬよう気をつけていればよいのだ。

行商には出ぬものの、竜蔵がくれた件の竹杖は、帳場の隅に立てかけてあった。

鉄扇は絶えず背中に差している。

いつ襲われたとて、仲太郎を守ることは出来よう。あの身軽さである。少し防げばその間に大屋根の上にでも登ってしまうのが仲太郎なのだ。

こうして仁吉は、己が用心を第一に考えたのだが、皮肉にも、事態はあらぬ方へと動いていたのである。

五

「手前《てめえ》は何をしてやがるんだ。このままずうっと手をこまねいているってえのかい」

「へい……。何とかしてえんですが、あのガキには、玉かんの仁吉という、一筋縄ではいかねえ野郎がついておりやして……」

「玉かんの仁吉？　その野郎は、女房を殺されて、酒浸りになっているはずだぜ」

「つい先だってまではそうだったんですが、どういうわけか、すっかりと元の凄腕《すごうで》に戻っておりやして……」

「そのガキにべったりと引っ付いているってえのか」

「へい……」

「情けねえ野郎だ。仁吉はもう御用聞きじゃあねえんだ」

「だから怒り出すと歯止めが利かなくなるんでさあ」

「何を言ってやがる」

「それに、奴には、凄腕の御用聞きが、今でも後盾になっているとか。おまけに、馬鹿みてえに強え、剣術遣いまで奴の味方ときてる」

「それで恐くて、赤坂には近寄れねえというのか、どこまでも腑抜けた野郎だぜ」

「だが兄ィ、奴には関わらねえ方がいいですぜ。どこで誰と繋《つな》がっているか知れたもんじゃあねえや」

「そんなら勝太郎、代わりが務まるガキをすぐに見つけて連れてくるんだな」

「そいつは……」

「いいか。仁吉とて、二六時中ガキにべったりと引っ付いているわけじゃあああるめえ」

「そいつは、そうですが……」

「言っておくが、うちのお頭は、一旦言い出したことは引っ込めねえお人だ。お前には事情を話したんだ。何が何でもやってもらうぜ。お前もまだ死にたかねえだろ……」

赤坂界隈からふっつりと姿を消した門前の勝太郎は、箱崎橋《はこざきばし》の袂《たもと》にある小料理屋の二階に潜んでいた。

勝太郎を恫喝《どうかつ》しているのは、彼の兄貴分である蓑一郎《みのいちろう》という遊び人である。お頭がいるところを見ると、ろくでもない組織に身を置く男なのであろう。

青山界隈で小博奕に興じて、仁吉に懲らされた後、勝太郎は本所《ほんじょ》の賭場《どば》で蓑一郎と出会い、あれこれ人に引き合せてもらい、次第に顔を売っていった。

そして、そのうちに蓑一郎から頼まれたのが、赤坂界隈に住んでいる、仲太郎という子供を連れてくることであった。

赤坂田町の通りを歩いていた折、蓑一郎は、猿のごとく大屋根に登り、屋根の上に設《しつ》らえてあった物見台の下の隙間《すきま》に入り込み、風で飛んで引っかかっていた書状を見事に引っ張り出す子供を見かけた。

感心して見ていると、近くにいた男二人が、その猿のごとき子供について話していた。

聞き耳を立てると、子供は仲太郎といって、角兵衛獅子《かくべえじし》の芸人だったのが、栄五郎という俠客《きょうかく》に拾われた。ところが、その栄五郎に死に別れ、今は身軽な技を生かして、子供ながらに〝萬屋〟などをして暮らしているそうな。

そんな子供なら、攫《さら》ってきたとてどうということもあるまい。

蓑一郎は、子供の跡をつけようとしたが、子供はあっという間に走り去り、見失ってしまった。

その日は蓑一郎も忙しく、早速、勝太郎に探させたというわけだ。

蓑一郎は、仲太郎を己が手に入れておきたいある理由を抱えていたのである。

勝太郎は、早速、栄五郎という俠客について調べてみたが、亡くなる直前にこっそりと宿替えをしたようで、居所《いどころ》が摑めなかった。

止《や》むなく、赤坂界隈で子供の姿を求めるうちに、屋根の上で働く子供に行き当った。

その子供は大人達から仲太郎と呼ばれていた。

勝太郎は、いよいよ見つけたと、仲太郎を呼び止めて、

「お前が仲太郎ってえのかい？　おれは、栄五郎兄ィには随分と世話になったものでねえ。お前のこともよく聞かされていたよ」

会ったこともない栄五郎の弟分を騙《かた》ったのだが、人相風体の悪い仲間を引き連れて、

いくら情に訴えたとて、素直な子供には、

「おじさん達は、悪い人だね」

と、映る。

「おいおい、そりゃあねえだろう……」

笑った顔がまた怪しい。

栄五郎からは、

「おれを兄ィなどと呼ぶ奴は、どうせろくでもねえ野郎達だ。相手をするんじゃあねえぜ」

そのように言い聞かされていた仲太郎は、問答無用で逃げた。

勝太郎は、仲間を引き連れ追いかけたが、溜池沿いの崖《がけ》で見失った。

そして、そこにはかつて自分をしょっ引いた、玉かんの仁吉が変わり果てた姿でいた。

口で詰《なじ》るだけではなく、袋叩きにしてやりたかったが、仲太郎の姿を求めるのが先決で、その場は立ち去った。そして結局、仲太郎は見つからぬままとなった。

実はその折、仲太郎は仁吉の背後に聳《そび》える大樹の上に登って息を潜めていたのだが、勝太郎達には知る由もなかった。とはいえ、今となっては、

「仁吉の野郎が逃がしやがったのかもしれねえな」

そのように思えてきて、三軒屋で見かけた時に、

「足腰立たなくなるまで、たたんでやればよかったぜ」

と、歯噛《はがみ》していた。あの時は凄腕の武士（峡竜蔵）に軽くあしらわれ邪魔をされたことが悔しくてならない。

それから仁吉は立ち直ったようで、先日の始末となった。

仲太郎捜しが遅々として進まず、やっと円通寺坂《えんつうじざか》の北方、赤坂新町三丁目の裏店に住んでいるようだと、その辺りに目星をつけた時に、仁吉の逆襲に遭《あ》ったのだ。

あの仁吉の形相と、自在に鉄扇を揮う戦いぶりは、思い出すにつけて身震いがする。

本当に殺されるのではないかと思ったし、乾分《こぶん》のように引き連れていた連中は、

「ガキ一人のために、こんな目に遭わされるのはごめんだ」

とばかりに、皆どこかへ散ってしまった。

勝太郎も、散々に殴られ、まったくもって戦意喪失となり、このところ身を寄せていた本所三笠町《みかさちょう》へ逃げ帰っていたのである。

このまま手をこまねいているのも気が引けたが、ちょうど蓑一郎も旅に出ていて、帰って来るまでは様子見をしておこうと思ったものの、

「まったく、手前は何をしてやがったんだ！　ガキの居所もろくに摑んでいねえのか！」

蓑一郎は旅から帰るや、勝太郎の不甲斐なさを叱責《しっせき》したというわけだ。とはいえ、

「お前もまだ死にたかねえだろ……」

と、脅したとて、勝太郎に任せておいて埒《らち》があくとも思えない。

やがて蓑一郎は、

「よし、おれがやってやる。お前は駕籠《かご》屋の真似事でもしていやがれ」

決然と言い放ったものだ。

蓑一郎が、仲太郎をどうしても己が手に収めておきたい理由とは、いったい何なのであろうか。

六

そろそろ雛見世《ひなみせ》が出て、白酒の売り出しが始まる頃となった。

節句の度に江戸の町は活気が出るが、周りが何に浮かれようが、仲太郎は淡々と自分の仕事をこなして日々暮らしていた。

このところは、仁吉の小間物屋を手伝うのが楽しいのか、小廻りの頼まれごとをこ

なすと、店に入り浸りの様子である。

仁吉の店とて、まだそれほど繁盛しているわけではない。手伝うことがない時もあるのだが、仲太郎はそんな時でも掃除をしてみたり、仁吉のために飯を炊いてみたりと、自ら仕事を探して絶えず働いていた。

「お前は甲斐性もんだな」

仁吉はつくづくと言った。

甲斐甲斐しさは、死んだお豊も大したものであったが、まだ子供だけに仲太郎のそれは時に切なくなる。

もう今年も初午《はつうま》は過ぎている。その辺りの町の子供達は七つくらいになると、二月初めの午の日に行われる、稲荷社《いなりしゃ》の祭礼を楽しみ、その翌日から手習い師匠の許《もと》に通うようになる。

仲太郎は、手習いに通ったことすらないのだ。

「おいらには、そんなところへ行っている暇はないよ」

仲太郎は、それをまったく意にも介していない。

大人達の間を駆け回るうちに、読み書き算盤《そろばん》も一通り学ぶことが出来た。

あの、鬼のような角兵衛獅子の親方と離れて暮らす今は、何をしていても楽しいらしい。

そんな無邪気さが尚《なお》さら仁吉の胸を打つのだ。

「仲さんよう、お前はまったく二親《ふたおや》の顔を覚えていねえのかい」

訊《き》くべきではない問いだが、仁吉は口に出してしまった。

「うん、まったくおぼえていないよ。捨てられたわけじゃあないそうだけどね……」

仲太郎はそんな時でも、さらりと応える。

二親がいるということが、どれほど幸せかもわかっていないのだ。

物心ついた時には、同じような境遇の子供達と共に暮らしていて、あれこれ芸を覚えるのが当り前のように思ってきた。

親方が情け深い人であれば、父と慕うことも出来たのであろうが、猿廻しでも、もっと猿をかわいがるだろうと言われた親方では、ただ自分を閉じ込めている牢番《ろうばん》でしかない。

栄五郎が拾ってくれた時も、ただ自分が新たな牢番に買い取られたと感じ、しばらくの間は栄五郎に心を開けなかったという。

やがて栄五郎が、自分を世間の子供と同じように育ててやろうとしてくれていると気付くのだが、

「どんな子が、世間の子なのか、おいらにはわからないからね……」

確かにそうであったろう。やっと栄五郎が親と慕うべき人だとわかった頃に、栄五郎は死んでしまった。

仁吉は、そんな仲太郎に、

「おれを親父《おやじ》だと思えばいいさ」

という言葉をかけてやりたくなる。

それによって、女房を失った自分の心に空いた穴を埋めようと思っているのではない。

ただ仲太郎に、

「お前はまだ子供なんだ。しゃかりきになって、手前の力で生きていくなんて考えねえでいいんだよ。世間の子は、手習い師匠のところへ通い、親に三度の飯を食わせてもらって、遊んでばかりいて叱られるもんなんだ。お前がそんな毎日を送ったって、誰も首を傾《かし》げはしねえのさ」

そう言ってやりたいのだ。

しかし、今の仁吉は、親父になれる男ではないと自覚をしている。それゆえ、まずは、自分の相棒と位置付けて、日々接しているのである。

そのうちに、仲太郎をここへ住まわせ、手習い師匠の許へも通わせて、まだ子供ゆえにわからぬ行儀や人の道を説き、時には叱責し、ひたすらにかわいがってやろう。そうすれば、仲太郎が今まで得られなかった、一人の子供としての感覚が身につくであろう。

そうして、いつか大きくなった時、

「わたしは、物心がついた時には二親がおらず、親の温もりがどんなものかも知らぬまま生きて参りましたが、今では仁吉の父つぁんを、親だと思っております」

などと言えるようにしてやりたい。

自分が親と呼ばれたいのではない。仲太郎が、人に親の話をされた時に、そんな風に言えたら楽ではないか——。

崖から飛び下りて死んでやろうかと思った自分を助けてくれた仲太郎への、それが何よりの礼だと思うのだ。

そのためにはまず、お豊殺しの下手人が捕えられねばなるまい。

——それがいつになることやら。

網結の半次や国分の猿三が動いてくれている。峡竜蔵の弟子には、北町奉行所で頭角を現している北原《きたはら》平馬《へいま》がいる。

頼りになる男達がしっかりと動いてくれているのだ。下手人が見つかる日も近いはずだ。

人任せにする身が言ってはならないが、

——早くお縄にしてくれねば、心おきなく仲太郎を構ってやれないではないか。

そんな焦りが内心湧き上がってくる。

幸せを得るためには、何と難しい段取りを踏まねばならないのであろうか。

そこに考えが至ると、仁吉も気分がもやもやとしてきて、

「仲さんよう、そろそろ長屋に戻って、読み書きのひとつもこなさねえといけねえよ」

仲太郎に、つい小言めいた物言いをしていた。

「わかりましたよ。おじちゃんに矢立を買ってもらったところだしね」

仲太郎は、矢立を嬉しそうに手でかざした。

仲太郎のように忙しく暮らす子供には、いつでもどこでも筆が使える状態にしてやりたくて、仁吉が買い与えたものであった。

「まずそういうことだ」

仁吉が、帳場の横で料紙を前に習字をしている仲太郎に手を振った時。

店に客が現れた。

「ちょいとよろしゅうございますか……」

客は二十五、六の女で、どこかの小料理屋の女将《おかみ》という風情を醸《かも》していた。

少し控えめで、ふくよかな佇《たたず》まいに好感が持てた。

「一目見て気に入りました……」

女は、えんじの鼈甲《べっこう》で出来た玉の簪を手に取り、これを求めた。

「ありがとうございます……」

仁吉は嬉しくなった。いかにもお豊が好みそうな簪であったからだ。

にこにことして奥から見ている仲太郎に、

「そろそろ帰るんだぞ」

仁吉は一声かけて、女に簪を手渡した。

「この辺りは不案内でして……」

女は恥ずかしそうに言った。

「ここに小間物屋さんがあるのも知りませんでした」

「どうぞご贔屓《ひいき》に……」

仁吉は笑顔で送り出すと、

「この近くにお稲荷《いなり》さんがあると聞いたのですが」

女は不安そうな顔をして訊ねた。

「ああ、それなら、ここを少し真《ま》っ直ぐ行って左ですよ」

「左ですか？」

「真っ直ぐ行ってから左です」

どうも要領を得ないようなので、

「すぐそこですからお連れいたしましょう」

仁吉は、稲荷社までついていってやった。

「助かります」

女は近頃この辺りにやって来たのだと言った。

「近々、煮売屋を二親と一緒に出しますので、その時はご贔屓に……」

「煮売屋を？　そいつはよろしゅうございますねえ。わたしのような独り者にはありがてえ……」

お豊も煮売屋の娘であった。死に別れた時と同じ年恰好《としかっこう》の女が二親と煮売屋を始めるというので興がそそられた。

旦那はいないのであろうか。御用聞きであった頃の癖が出て、そんな疑問が湧いて

きたが、余計なことは訊くまいと、

「もう、そこでございますよ」

仁吉は左へ曲がったところで社を指し、何度も礼を言って頭を下げる女と別れて店へ戻った。

仲太郎は帰ったようだ。

そろそろ帰れと言ったものの、

「おれが帰るまで店番をしていろってんだ……」

やはりその辺りは子供だ。いや、稲荷社と聞いて、待つまでもないと思ったのであろう。

「ふふふ、おもしろい奴だ」

長屋を覗《のぞ》きに行ってやろうかと思ったが、それから立て続けに客が来て、接客に追われた。

客との触れ合い、仲太郎と他愛もない言葉を交わす一時。そんな取るに足らぬ日常にこそ幸せがあるのだと、仁吉は心地がよくなってきた。

だが、ただの小間物屋の主になろうとしたその間、仁吉の御用聞きを務めていた頃の鋭い勘は鈍っていた。

日暮れて店を仕舞う頃になって、通りすがりの子供が、小さな風呂敷包みを持ってきて、

「これを小父《おじ》さんにわたしてくれって……」

知らない人に頼まれたと言う。

「すまねえな……」

仁吉が受け取ると、子供は元気よく駆け出した。

「おい、ちょっと待ちな……」

呼び止めたが、子供はお構いなしに走り去る。仁吉は気になって風呂敷包みを開けると、仲太郎にあげた矢立がそこに入っていた。

それには書付が添えられてあり、広げてみると、仲太郎を攫ったとの脅迫状であった。

「まさか……」

仁吉は絶句した。

恐らく、先ほど稲荷社を訊《たず》ねた女の客は、仁吉を外に誘い出す役であったと思われる。

そういえば、その帰りに一丁の駕籠《かご》が道行くのを見た。賊達は僅《わず》かな隙をついて、

駕籠を店の前につけ、客を装《よそお》い仲太郎を捕え、これに乗せて運び出したのに違いない。
さらに書付には、
〃半刻の後に駕籠をやる
それまでの間は店を出ず
その駕籠に乗るべし
異なことをすれば
子供の命はない〃
とあった。

七

仁吉は、脅迫状に従った。

どこからか見張られていると思った方がよさそうだ。

これも敵の差金であろうか、伝兵衛長屋の女房が小間物屋へやってきて、

「仲太郎に用があるっていう女が長屋に訪ねてきたんだが、何だ、仲さんはここじゃあなかったのかい」

そう言うとまた長屋へ戻っていった。

仲太郎はやはり、長屋には帰っていないらしい。

敵はそのことを仁吉に伝えたかったのであろう。

女というのは先ほどの客に違いない。

もうその女は長屋にはいるまい。

——やられたぜ。

女子供には、つい甘くなる仁吉の気性を捉えた、狡猾《こうかつ》な仕業である。

——だが、本当に仲太郎は捕えられたのであろうか。自分を呼び出すための方便かもしれない。

しかし、やがて脅迫状の通り、店につけられた駕籠の中には、仲太郎が先ほどまで着ていた着物が乗せられてあった。

そして駕籠屋の一人には見覚えがある。

「手前は勝太郎か……」

「迎えに来たぜ、玉かんの親分よう……」

駕籠屋に化けた勝太郎が不敵に笑った。

「とにかく駕籠に乗ってもらおうか」

仁吉は止《や》むなく言う通りにした。そして、仁吉はこの時点でも、敵の狙いは自分に向けられたものだと思っていた。自分を呼び出すために仲太郎を攫ったのだと。

しかし、それは的《あて》が外れた。

仁吉は目隠しをされて一刻（約二時間）ばかり駕籠に揺られた。

その間、何度か担ぎ手が代わった気がする。

勝太郎が長い間駕籠を担げるとも思えないので人が代わるのは頷けるが、それだけ相手には仲間がいることになる。

ただ恨みを晴らしたいのなら、こんな手の込んだ真似をせずとも、どこかその辺りで、殺してしまえばよいものを——。

やがて仁吉は、暗い一室で目隠しを取られた。

そこには腕に縄をかけられた、仲太郎の姿があった。

「おじちゃん！」

涙目の仲太郎に、

「仲太郎！　お前無事だったかい！」

駆け寄ろうとしたが、傍らに控える賊共が一斉に刃《やいば》を仁吉に突きつけた。

仲太郎を侍《はべ》らせ、正面に座っているのが、この中の首領のようだ。

こ奴は、勝太郎の兄貴分・蓑一郎である。

「手間をかけたな……」

蓑一郎が言った。

「お前とは会ったことがねえはずだが……」

仁吉は度胸が据っている。

「ああ、お前に顔を覚えられたかあねえんで、今まで会わずにいたってわけよ」

「大方、盗人の類《たぐい》か」

「まあ、なんだっていいじゃあねえか」

「望み通りにおれはここへ来た。その子を放してやってくんな」

「ふふふ、お前は勘違いをしているようだな。おれ達が欲しいのは、お前の命じゃあねえ。この仲太郎の腕だ」

「何だと……」

「あるお大尽の家を狙っているんだが、そこに入るのに、仲太郎に手伝ってもらいてえのさ」

蓑一郎は、その計画のあらましを語った。

ある豪商の家に押し入るには、裏手の木戸から入るのが上策である。

だが、裏手の塀は高く、木戸には丈夫な閂《かんぬき》がかけられてある。

塀の内側は池になっていて、上手《うま》く塀を乗り越えても、飛び下りれば水音がする。となれば、この塀を避けて忍び込みたいところであるが、それには台所がある建物の壁の窓から侵入するのが何よりだ。

しかし、窓は小さくて、しっかりとした鉄の格子がはめられている。これを破るのはまず無理だ。

「だがよう。格子と窓にはちょっとした隙間があるんだ。大人はその隙間にはとても入れねえが、仲太郎ならわけもねえ」

窓は、この鉄格子があるゆえからか、大雨の日でない限りは雨戸も閉められず、日頃は障子戸のままだという。

「そんなことがこの子にできるわけがねえや」

仁吉は窘めるように言ったが、

「いや、できる。おれはこの子が屋根の上で仕事をしているのを見たんだ」

蓑一郎はニヤリと笑った。

「盗みは、そんな仕事とはわけが違うぜ。台所から入ったところでどうなる」

「そこから庭へ出る木戸を辿れば、難なく裏木戸に出られる。ちっとばかり閂は重いが、横にずらすくれえの力はあるはずだ」

「見つかったらどうなる？　役所につき出されたら、お前らは一網打尽だぜ」

「しくじりはしねえよ」

「何故《なぜ》そう言える」

「仲太郎。お前はしくじらねえよな。しくじったら、この仁吉の小父ちゃんの命はねえんだぞ」

「汚ねえぞ！」

仁吉がここに連れてこられたのは、仲太郎に言うことを聞かせるための人質としての役割を背負わされたからだったのだ。

まさか、こんな展開になるとは——。

勝太郎達が、あの日仲太郎を追いかけていたのは、栄五郎の死につけ入って金銭をたかろうとしたからではなかったのだ。

そこにはまったく思いもかけぬ悪党共の思惑が絡んでいたのである。

——なまじ身軽な業があり、他人の手を煩わさず、独りで生きていこうとする健気な想いが仇《あだ》となるとは。

仁吉は、何と不幸せな子供であろうかと泣けてきた。しかし、ここはどうあっても切り抜けねばならない。涙を流している場合ではないのだ。

怒りを湧き上がらせ、それを力として、悪い大人達に弄《もてあそ》ばれてきた仲太郎を助けねばならぬのだと、己が心を燃えあがらせた。

「おいら、言われた通りにするよ……」

やがてぽつりと仲太郎は言った。

「だから、おじちゃんを殺さないでおくれ……」

「ああ、殺したりするもんか。今度の仕事で、おれ達は盗みから足を洗うんだ、お前達にも分け前を渡して、おさらばだ。だが一度だけでもお前達は仲間になるわけだから、裏切りはなしだぜ」

蓑一郎はうそぶいた。

——調子の好いことをぬかしやがる。

ある時は仲太郎を人質に、ある時は仁吉を人質にして、こ奴らは二人をいいように使い、やがて口を封じるつもりに違いない。

部屋の隅にいる勝太郎の顔が強張《こわば》っている。

小博奕くらいの悪事にしか手を染めてこなかったこの男は、大きな盗みに手を染めることになって、後戻り出来ぬ恐しさを覚えているようである。

——となれば、ここにいる連中も同じようなものかもしれねえ。

首領格の男だけが、盗賊の頭と話が出来るほどの賊徒で、勝太郎達は頭の顔も知らないくらいの三下の集まりなのであろう。

――時を稼げば何とかなる。

仁吉はここに至っても望みは捨てなかった。

仲太郎を盗人の仲間にさせてなるものか。まずこの部屋を出よう。

しばし黙考する仁吉に、

「仁吉の小父ちゃんよう。仲太郎が、お前を殺さねえでくれってよう。健気じゃあねえか。泣けてくらあ……」

蓑一郎はさらにたたみかけた。

仁吉は、いよいよ意を決して、

「わかった。お前には負けたよ。嫌だと言っても、これじゃあやるしか道はねえや。仲太郎、生きるためだ。やっておくれ」

神妙な面持ちで言った。

「わかったよ。おじちゃんの命が大事だもん」

仲太郎は泣きながら応えた。

「おう、了見してくれたか。そうだそうだ、命が大事だぜ。仁吉親分、十手を捨てて、物わかりがよくなったじゃあねえか。お前ほどの男が傍にいれば心強えや。これを縁に持ちつ持たれつやっていこうじゃあねえか」

蓑一郎はしたり顔である。

「毒食《くら》わば皿までか……」

仁吉は、にこっと笑った刹那。横から匕首《あいくち》を突きつけていた一人の手首を手刀で打った。

「うッ……！」

そして思わずそ奴が取り落した匕首を拾うや、蓑一郎に飛び蹴《げ》りをくらわせ、仲太郎の縄を切断し、蓑一郎の首筋に匕首の白刃を突きつけた。

雷光石火の早業であった。

「仲太郎！　おれから離れるな！」

仁吉は仲太郎を傍《そば》へ呼び、

「おう！　この野郎を殺してやろうか。道を開けろい！」

堂々たる啖呵《たんか》を切った。

思った通りであった。仁吉に刃を突きつけていたのは三下ばかりで、〝まさか〟と思う事態に直面した時、迷わず動くことが出来ない。仁吉が一人に手刀を振り下ろして匕首を奪うのを思わず見てしまった。慌てて二人の乾分が仁吉に斬《き》りつけたが、一人が仁吉の左肩を捉えその腕に鮮血を伝わせたのみで、何度も修羅場を潜《くぐ》ってきた仁吉にとってそんなものは浅傷に過ぎない。血に染まった体で蓑一郎に匕首を突きつける姿は、実に凄惨《せいさん》であった。

「て、手前、生きてここを出られると思ってやがるのか！」

蓑一郎は身動きが出来ぬものの、この男も争闘には慣れている。恐れず強く出ることで、乾分達の士気を高めんとした。

「やかましいやい！　おれも仲太郎も、死んでも手前らの言いなりにはならねえぞ！」

仁吉は、強気には強気で返さんと、蓑一郎の首を浅く斬った。

「手前……」

傷は浅いが、流れ落ちる血を見て、さすがの蓑一郎も怯《おび》えた。

「さあ！　そこをのきやがれ！」

仁吉に気を呑《の》まれた乾分達は、道を空けた。

「仲太郎、ついてこい」

仁吉は蓑一郎を盾に、薄暗い一間を出てさらに外へと出た。そこは庭であった。

星影が出ていた。

この建物はどこかの百姓家のようだ。

深い木立に囲まれた小体な家だ。

仁吉は、生垣を抜けて、杉木立の中へと出た。さすがに乾分達も蓑一郎を放ってもおけず、白刃を手に仁吉と仲太郎を追って来た。

杉の大樹の前に来た時、地上に浮き出た木の根に仲太郎が足を取られた。

思わずそれを庇《かば》おうとした仁吉の隙をついて、蓑一郎が仁吉から逃れた。

「やっちまえ！」

俄《が》然《ぜん》、勢いを取り戻した蓑一郎は、乾分から得物を受け取ると、仁吉と仲太郎を取り囲んだ。

「仲太郎、行け……。木の枝伝いに逃げるんだ」

仁吉は、仲太郎に囁《ささや》いた。

「いや、でも……」

仲太郎は逡巡《しゆんじゆん》したが、

「お前ならできる。おれは大丈夫だ。あんな奴らに負けるもんか。さあ、行け！」

仲太郎は、気持ちを残しつつ、木に登った。

蓑一郎達はこれを呆然《ぼうぜん》と見上げつつ、仲太郎が飛び移らんとする杉を目がけて動か

んとしたが、

「のきやがれ！」

仁吉はその奴らに匕首を揮い、一人の額に斬りつけた。

「ぎゃッ！」

という叫びと共に、その奴は額を押さえる手を血に染めて後退した。

「焦るな！　相手は一人だ！」

蓑一郎達は、それでも六人いた。仲太郎は逃げたところで、木の上を移るのには限りがある。

「まずこいつをやっちまえ！」

かくなる上はと覚悟を決めた勝太郎達も、気合が充実してきた。

「かかってきやがれ……」

仁吉は身構えた。もしやと思ったが、時を稼いだとてもはやこれまでであった。せっかく竹杖剣法を教わったのに使えぬとは残念である。

しかし、気分がよかった。

今度はお豊を死なせた時とは違う。仲太郎を逃がすことが出来るであろう。逃がれさえすれば、仲太郎には峡竜蔵とその門人達がついている。

――お豊、酒浸りで死んじまうより、好い死に方だろう？

心の内で語りかけた時。

仁吉を囲む賊達の輪は、脆《もろ》くも崩れた。

ふと見ると、町方の役人が手先と共に現れて、蓑一郎達に襲いかかったのだ。

――伝わったか。

仁吉は、ほっと息をついた。

先日、国分の猿三が、

「兄弟、おれ達がお前の回りをうろうろして、商売の邪魔になっちゃあいけねえから控えるが、何か用がある時は、二階の連子窓《れんじまど》の手すりに藍染《あいぞめ》の手拭《てぬぐ》いをかけといてくんな。時折、若え《わけ》のに見に行かせるからよう」

そのように言ってくれていた。

何ごとも人頼みにせずに、自分で道を切り拓かねばなるまいと、一度も試したことがなかったが、件の脅迫状が来た時、初めて藍染の手拭いをかけておいた。

しかし、夜になり手拭いに気付いてくれるかどうか、それがわからなかったのだが、すぐに伝わるとは、

――国分の兄弟は、神か仏か。

感じ入った時、その神か仏の猿三が駆け寄って来て、

「兄弟、よくやったな！」

と、肩を叩いた。

「痛えッ……」

一息つくと、斬られた傷がうずいてきた。

「おっと、すまねえ」

猿三は笑って、木立の方を指さした。

そこには、仲太郎を肩に乗せた、峡竜蔵が立っていた。

「お前の相棒は大した男だな……」

「先生……」

仁吉は、あまりに色々ありすぎて言葉が出なかった。

その代わりに、

「先生に親分方、いろいろお手間をとらせましたねえ……」

仲太郎がこましゃくれた口を利いた。

八

蓑一郎、勝太郎、その一味は次々に捕えられた。

捕縛にあたったのは峡道場の門人でもある、北町奉行所同心・北原平馬であった。

網結の半次は、勝太郎が仲太郎を追い回し、仲間と共に仁吉を襲い、そうしてまた仁吉に返り討ちにあったと知ってから、国分の猿三と図って、勝太郎に乾分を張りつかせていた。

その中で見えてきたのは、勝太郎が蓑一郎という兄貴分を頼りにしていることだ。

この蓑一郎は謎《なぞ》の多い男で、博奕打ちの遊び人で通ってはいるが、その実は何か裏稼業に手を染めているのではないかと見られていた。

――これは何かある。

網結の半次は勘を働かせて、ひたすら勝太郎と共に、蓑一郎の動きを追った。

すると、勝太郎はこのところ旅に出ていたと思われる蓑一郎と慌しく会い、おかしな動きを見せていた。

そして遂に駕籠屋の真似事を始めたと思えば、向かった先が仁吉の家である。

この時、既に仲太郎は攫われてしまっていたのだが、地道な半次の探索が実を結んだ。

駕籠に乗り込む仁吉は、よく見えないが駕籠の中で何かをされているように見えた。

「目隠しかもしれねえ……」

見上げると、連子窓に藍染の手拭い――。

この手先は、猿三がかわいがっている卯之助《うのすけ》という若者で、こんな時は特に気働きが出来る。

木戸番に猿三の許へと走ってもらい、自分は駕籠の跡をつけた。

そうして、駕籠が広尾原《ひろおはら》の百姓家に入ったと見るや、芝口《しばぐち》一丁目の猿三の家へと駆けたのだ。

そこには既に、北原平馬、網結の半次、さらに急を聞いて、

「平馬の仕事ぶりを見てやろう」

と、物好きにも峡竜蔵も待ち構えていたのである。

蓑一郎は、いずれかの大盗の乾分で、仲太郎を見て盗みを思い付くなど、なかなかに頭の切れる男であったが、あえなく御用となり、これからの取調べで大盗の名も浮かんでくるであろう。

蓑一郎はしくじった。それは、勝太郎のような男を引き上げたことであった。後に彼は、

「勝太郎は、馬鹿ですから余計なことを考えねえで言われたことをする……。それが重宝したんでごぜえやすが、馬鹿は馬鹿でしかありませんでしたねえ」

と語ったという。

竜蔵はそれを聞いた時、

「人ってえのは、使い方がむつかしいもんだなあ……」

蓑一郎が言う意味合もわかるだけに、えもいわれぬ含蓄を覚えたのである。

そして、この蓑一郎がひとつの奇蹟《きせき》を呼び起こしてくれることになる。

「こいつは北原の旦那、この度はまた、お手柄でございましたねえ……」

と、竜蔵に冷やかされていた平馬が、仁吉の店で玉簪を買い外へおびき出した女は、

「恐らく、お房《ふさ》っていう、蓑一郎の女に違《ちげ》えねえ」

と、すっかり八丁堀同心の物言いで御用聞き達に告げたところから始まった。

「あの野郎の女だったんですか……」

なかなかの化けっぷりだと仁吉は妙に感心させられた。

お房は、本所入江町《いりえちょう》の酌婦《しゃくふ》で、方々出歩いて、悪事に手を貸し小遣い稼ぎをしている女だという。

半次は、やれやれという顔で、

「まんまといっぺえ食わされたな。ひょっとして、前にどこかで見かけていたかもしれねえぜ」

と、仁吉に言ったものだが、その刹那、

「いや、そう言えば、あっしはどこかであの女を見たかもしれません」

仁吉の頭に閃《ひらめ》くものがあった。確かにどこかで会ったような気がするのだが、どう考えても女の顔に見覚えはない。

しかし、今日、会ってからずっと何かが引っかかっていたような気がした。

そうだ。会ったのではなく、あの女の声を聞いたのだ——。

「もう、お仕舞ですか?」

あの日お豊は、あの声につられて、店先へと出ていったのではなかったか。

仁吉の耳に女の声が生々しく蘇ってきた。

その表情を見れば、誰もがわかった。

「あん時の、店に来た女なんだな?」

猿三が念を押した。

「よし、ここでの捕り物についてはまだ伏せておくぞ」

平馬は、蓑一郎が捕えられたと知れば、お房はすぐに姿を消すであろうから、今はこの事実を知られぬようにして、間髪《かんはつ》を容《い》れず引っ捕えようと言う。

既に、お房にも、半次と猿三は手先を付けて様子を窺わせていた。

「だがそうなると、お房を仁吉の店へやったのは、蓑一郎ってことになるか……」

猿三が低く唸った。

「いや、あの時おれは、奴に恨まれたり、邪魔にされる覚えはなかったはずだが……」

仁吉は首を傾げた。

「そいつは番屋で、じっくり訊ねようじゃあねえか」

平馬が言う横合から、

「おいおい、番屋にまでおれは付合ってられねえから、ここで白黒はっきりと付けようじゃあねえか」

仲太郎を肩に乗せたまま、竜蔵が言った。

――誰も番屋に付いてきてくれと言っていないではないか。

その場にいる者は同時にそう思って顔を見合った。

――お節介もここまでくれば神がかりだ。

ここに付いて来たものの、一暴れするまでもなく片が付いてしまったのが、竜蔵には物足りないのであろうか。

「なに、こんなものは、この場で吐いてもらえばいいことだ。ちょいと蓑一郎を借りるぜ」

竜蔵はそう言うと、仲太郎を肩から降ろし、向こうの百姓家の庭で縛《いまし》められ、今にも引っ立てられようとしている蓑一郎を庭木の柳の前に立たせた。

「お前にこれからいくつか訊ねるが、心して応えれば、命乞《いのちご》いをしてやろう。だが味なことを言やがったらこうなる」

そして、ふてくされて立っている蓑一郎の頭めがけて、刀を一閃《いっせん》させた。

蓑一郎は、あまりにも凄《すさま》じい一刀をまのあたりにして、自分の首が落ちたと思い放心した。しかし竜蔵が白刃を鞘《さや》に納めた様子が見えたゆえ、まだ自分は生きていると思った。そしてその刹那、背後の柳が真っ二つになり、自分に覆い被《かぶ》さってきて、彼はそこで絶叫したのである。

九

蓑一郎は、お房についてその場でべらべらと喋《しゃべ》った。

お房は、蓑一郎の情婦で、〝七化け〟と言われる変装の名手である。蓑一郎が盗みを働く時は、その仕度のための聞き込みとして重宝していた。

今度のことも、蓑一郎の指図で仁吉の小間物屋に客として訪れ、仁吉をうまく外へと引っ張り出したものだが、

「あの尼、時折、あっしの知らねえところから、聞き込みの仕事を引き受けているようなんでさあ」

で、あるそうな。

蓑一郎がそれを咎《とが》めると、

「他所《よそ》の聞き込みをするのも、あんたのためになるかもしれないと思えばこそさ」

などと巧みに言い訳をする。なかなか好い女だけに、蓑一郎も大目に見てしまうのだが、

「玉かんの親分の店に出向いたなんて話はまったく聞いておりやせん。もちろん、あっしはお房に頼んじゃあおりやせん。嘘《うそ》じゃあござんせん」

蓑一郎は必死で訴えた。その言葉に嘘はないようだが、次第に勢いが衰えてきた。

「あの尼、ひょっとして……」

自分に何も言わずに、誰かからの頼みを引き受けていたかもしれないと、思い始めたのである。

「何なら、お房の居所を申し上げますんで、直《じか》に訊いてやっておくんなさいまし」

遂にはそんなことを言い出した。

女が嘘つきなら男も薄情である。

「恐らく、仁吉が聞いた女の声は、お房のもんだろうよ。さて、この先は皆に預けて、後の話は道場で聞こう。仁吉、お前の女房を殺した野郎が誰か、いよいよわかろうよ」

竜蔵はそう言い置くと、

「仲太郎。お前、仁吉を親と思って好い大人になるんだぞ」

仲太郎の頭を撫《な》でて、独りで道場へ戻ったのである。

「先生……」

仁吉は、やはり涙ぐんだ。

神がかりなお節介でも、あの先生に焼かれると、幸せな心地になる。今のひと言で、仲太郎は初めて親と思える男が自分にもいるのだと、気付かされたに違いない。

それを思うと、ありがたくてありがたくて仕方がなかったのだ。

竜蔵はしてやったりであった。

不謹慎ではあるが、仁吉が身に覚えのない恨みを持たれた者が誰なのか、それを皆が道場に報《しら》せに来る日が、今から大きな楽しみとなった。

仲太郎の誘拐によって、一気に動いた一件は、さらにお豊殺しに繋がり、それから五日を待たずにすべてが解決した。

北原平馬、網結の半次、国分の猿三、そして玉かんの仁吉が、四人で峡道場を訪れたのは、三月に入ったうららかな春の日であった。

この数日。今か今かと四人が来るのを待ち受けていたのだが、いざ話を聞くと、

「そんなこともあるんだなあ……」

竜蔵は深く感じ入るばかりであった。

まず、お房は容易く捕えることが出来て、少しばかり責めると、洗いざらい白状した。

あの日、仁吉の小間物屋を訪ね、

「もう、お仕舞ですか？」

と、声をかけてその場から立ち去ったのは、やはりお房であった。

お房はそれを寺島梶之助《てらしまかじのすけ》なる不良浪人に頼まれたという。蓑一郎に報せなかったのは、お房は蓑一郎の目を抜いて、梶之助とも情を交わしていたからだ。

すぐに寺島梶之助は捕えられた。役者のような色男で、一刀流の遣い手だと自負しているが、捕吏《ほり》の前にほとんど抗《あらが》えなかったというから、怪しいものである。梶之助は、向島に潜伏していたのだが、御用聞きの女房を斬ってしまったのだ。すぐに遠くへ逃げるべきであった。

それが出来ずに、江戸に隠れていたのは、お房の魔性に溺《おぼ》れてしまったからだ。仁吉を始末してくれと頼んだ男は金持ちで、方々に顔が利く。

数ヶ月が経《た》っても追手はかからないし、自分が捕えられれば、頼んだ相手も都合が悪くなる。向島で寮を与えられ、酒食と女に困らぬ暮らしに、梶之助はすっかりとはまり込んでしまったようだ。

しかし捕えられれば自棄《やけ》になる。言い逃れが出来ぬと察すると、こ奴もまた、頼んだ金持ちの名をあっさりと白状した。

「そいつは誰だったんだ？」

竜蔵は、待ってましたとばかりに身を乗り出した。

「それが、思いもかけねえ野郎だったんですよ」

仁吉は、この上もなく渋い表情を浮かべた。

寺島梶之助に、仁吉殺しを教唆したのは、青山浅川町《あさかわちょう》の仏具店の主・住蔵《じゅうぞう》であった。

これを聞いた時は、誰もが目を丸くしたものだ。

住蔵は、裏で金貸しをしていて、商売柄、用心棒を雇ったりする黒い一面があったのだが、彼は婿養子で女房の言いなりになっているだけだと周囲の者は見ていた。

実際、気が弱く小心で、自分では貸金の催促が出来ないゆえに、用心棒などを雇っているに過ぎないのだ。

仁吉は、縄張《なわば》り内で以前に一度だけ、住蔵が雇った者が無慈悲な取り立てをしているのを見かけたので、

「あんまり阿漕《あこぎ》なことはしなさんなよ」

と、窘めたことがあった。

その時、住蔵は平身低頭して、仁吉の機嫌をとり、お上への覚えが悪くなるのを恐れた。

仁吉は、そもそも住蔵のような男が嫌いで、むっつりとした表情で別れたのだが、まさかそれを恨んで人を雇い自分を殺しに来るなどとはまったく思えなかった。

「何か理由があったのだろう」

竜蔵は興味津々である。

「へい。ひとつ思い出したことが……」

ちょうどあの事件が起こる少し前のこと。

日暮れに、長谷寺の門前を通りかかると、一人でいそいそと道行く住蔵の姿を見かけた。

金貸しなどをしていると人の恨みを買うこともあろう。そう思って、

「おや、こんな時分にお一人で……。気をつけませんと、お内儀が気を揉《も》みなさるんじゃあねえですかい？」

と、親切心で声をかけたのだ。

「お、親分、これはどうも……」

住蔵は随分とうろたえたような様子で、その場から逃げるように去っていったのだが、そういう態度は決して珍しくない男なので、まったく気にも留めず、いつしかそんなことすら忘れてしまっていた。

しかし、これがいけなかったのだ。その折、住蔵は、長谷寺門前の出合茶屋で、入れあげている水茶屋の女と会っていたのである。

それを仁吉に知られてしまったと思い込んだ住蔵は、小心ゆえに思い悩んだ。

婿養子で女房の尻に敷かれ、日々その顔色を窺って暮らしている身が、女遊びを覚えてその深みにはまってしまったなどと知れれば大変なことになる。

仁吉には以前、金貸しの取り立ての一件で苦言を呈されている上に、

「気をつけませんと、お内儀が気を揉みなさるんじゃあねえですかい？」

その言葉が気にかかった。

金で口止めをしようにも、そういう曲がったことが何よりも嫌いな仁吉には通じないであろう。

そこへ、うまくつけ入ったのが寺島梶之助で、仁吉を恨んでいる悪党は多いようだから、ばっさりやって逃げてしまえば、仁吉の小間物屋は通りの外れにある、うまく逃げおおせるはずだと持ちかけたのだ。

梶之助は、お房を自分に引き付けておくには金がいった。

梶之助は、悩みを打ち明けたものの、ああだこうだと煮え切らぬ住蔵を、半ば脅すようにしてことに及んだのだ。

女のことで住蔵を強請《ゆす》ってもよかったが、仁吉がこの話を住蔵の女房に話してしまえばそれまでだ。住蔵もかけに出たのだ。

「まったく、くだらねえ話でございます」

仁吉は話すうちに、こんなことで恋女房を失った自分が真に情けなくなってきたのであろう。自嘲《じちょう》気味にぽつりと言った。

一座の者達は、皆言葉を失って一様に竜蔵を見た。

住蔵まで行きついたのはよいが、住蔵もその女房も仏具店も、すべてが哀れな結末となり、仁吉の仇を討ってやったという高揚感もなく、誰もが仁吉に何と声をかけてやればよいかわからずにいたのだ。

「くだらねえ話だが、こんな話に好いも悪いもねえやな。それにしても、悪い奴らはどこかで巧みに繋がっているもんだなあ」

竜蔵は淡々として溜息をつくと、

「だが、これでお前も赤坂でやり直せるってもんだ。すぐに仲太郎を呼んでやりな」

満面に笑みを浮かべた。

「へい。そういたします」

「仲太郎は喜ぶだろうな。何といっても、今までがついてなかったからなあ」

「これからは、近所の子供達と同じように暮らさせてやりとうございます」

「うむ、そいつは何よりだが、そこら辺りにいる親父みてえに、わかったようなことを言うんじゃあねえぞ」

「はい」

「手に余ればおれに言ってこい」

「意見をしてやってくださいますかい」

「いや、ぶん殴る」

「へへへ……」

「ひとつ言っておくが、おれはお前の剣の師だからな」

「剣の師？」

「文句があるか」

「いえ、嬉しゅうございます」

「おれはいつだって弟子の味方だ」

平馬、半次、猿三が一斉に頷いた。

「あっしが先生の弟子……」

「小間物屋の弟子がいたっていいだろう」

「先生さえよろしければ」

「大いに結構だ。これからは玉の簪を名物にして小っせえ相棒と精を出して売るがいいや。八丁堀の旦那に親分方、もう玉かんの仁吉に十手を持たそうとするんじゃあねえよ」

三人は畏《かしこ》まった。

仁吉の心は晴れていく。気にかかっていたことを竜蔵は有無を言わさず、次々と決めていってくれる。

それが師というものであろうか。

「てことで、玉かんの仁吉に頼みてえことがあるんだ」

「何なりと！」

「見映えのする、玉簪を選んで持ってきてくれねえか。このところお前のせいで、うちの山の神の機嫌を損じているのさ……」

えもいわれぬ惚《とぼ》けた物言いに一座は笑いの渦に包まれた。

春風のごとき温かなおかしみが、何故に心を泣かすのか。仁吉は庭から覗く青空を眺めながら、じっと考えていた。

第三話　女武芸者

一

峡道場の稽古場《けいこば》と、廊下を挟んで設《しつら》えられている拵え場《こしらば》の一角に、執政・竹中庄太夫の文机《ふづくえ》が置かれている。

そこは衝立《ついたて》で仕切られていて、壁際には五段ばかりの書棚が設えてある。正しく庄太夫の執務室といった体裁をなしている。

その日。庄太夫は横新町《よこしんちょう》の浪宅から朝早く出仕すると、文机に向かってゆったりと墨をすっていた。

「墨は、枯れた老人にすってもらうのがよい」

と言う人がいる。

力まかせにするのではなく、そっと柔かな肌を撫《な》でるようにするのが何よりだというわけだ。

五十半《なか》ばではあるが、

「庄さん、まだまだ老け込んじゃあいけないよ」

と、道場師範の峡竜蔵に言われている竹中庄太夫である。

自分自身、枯れた老人とは思いたくないものの、書に長じる彼は、近頃《ちかごろ》になって墨のすり方を極めた感があった。

とろけそうな春の日である。

背にした障子戸の向こうは道場の裏庭で、そこから暖かな日射しが注がれていた。

「よし……！」

しっかりとした濃い色の墨がすれた。

庄太夫はそれを筆にたっぷりつけると、木札にゆっくりすべらせた。

新に入門した二名の掛札を書き、さらにもう一名――森原《もりはら》仁吉と認《したた》めた。小間物屋・玉かんの仁吉のことである。

今は御用聞きから遠ざかっているが、先日来騒動を抱えていたので、一件落着となった後も、

「これを機に、ちょくちょく体を動かしに来るがいい」

峡竜蔵の厚意で、正式に門人の列に加わったというわけだ。

網結の半次や国分の猿三もそうだが、姓を持たぬ者は〝森原〟と、名の上に記すのが、峡道場の決まりとなっていた。

森原は、竜蔵の妻・綾の姓で、彼女の父・森原太兵衛《たへえ》亡き後は、この姓をもって剣を修める男子もなかった。

偉大なる剣客で、峡竜蔵にとっては岳父《がくふ》にして、兄弟子であった森原太兵衛を偲《しの》び、竜蔵は件《くだん》のごとき決めごとを作ったのである。

なかなかの出来に、ほっと一息ついていると、

「玉かんの仁吉も、これを見れば大喜びしよう」

不意に声がした。

峡竜蔵が衝立の上に顔を出して笑っていた。

「これは先生……」

「庄さんにも随分と、掛札を書いてもらったものだな」

「はい。一枚また一枚と、書くのが楽しみでございました」

「まだまだ増えていくのかねえ」

「はいそれはもう……」

「物好きな奴がいるものだなあ」

「物好きが、いよいよ三十人を越えましてござりまする」

二人はほのぼのと笑い合った。

「今日は、後でちょいと一杯いくかい？」

「はい。楽しみにしております」

門人など一人もいなかった峡道場に、竹中庄太夫が弟子入りしてから十四年が過ぎた。

弟子は三十名を越え、旗本五千石・佐原家、羽州《うしゅう》七万石・若月《わかつき》家を始めとして、出稽古先も増え、月に十日近く赴《おもむ》くときもある。

すっかりと剣客として名を成し、日々の暮らしも落ち着いてきたが、

「剣に長じ、俠気《きょうき》ある人」

剣俠の精神を忘れず、己が剣の極意を、飢えた狼《おおかみ》のごとく求め続ける――。

そんな、本来の峡竜蔵が失われていないか。

このところ、竜蔵はそれを確かめるために、庄太夫と語らう一時を大事にしていた。

決して昔を懐しがるのではなく、今の自分を見つめ直し、かつ戒めるためである。

一杯やる場は、長年の行きつけである、居酒屋〝ごんた〟と決まっている。

以前は、ここで飲んでいると、竜蔵の妹分の常磐津《ときわず》師匠・お才《さい》がやって来たりして

随分と賑《にぎ》やかだったのだが、このところは隣の貸本屋のお富《とみ》が、竜蔵の声を聞きつけると、よく飛び込んでくる。

この日も——、

「庄さん、つまるところなにかい？　おれはもっと分別をつけて、剣術師範として落ち着かねえといけねえのかねえ」

「いやいや、落ち着いてしまった峡竜蔵など、わたしは見とうはございませぬ、が……」

「何だい？」

「難しいところでござりまするな。この竹中庄太夫はからきし腕は立ちませぬが、先生の弟子となってからは、剣客に対する目だけは、随分と肥えてまいりました」

「うむ。そうだな」

「その目で見まするに、先生の剣捌《さば》き、武芸に対する見識、いざ真剣勝負となった時の強さ、肚《はら》の据《すわ》り様……。いずれをとっても、当代屈指の剣豪かと存じまする」

「おいおい庄さん、やけに持ち上げるじゃあねえかよ」

「いやいや、そう思うているのは、わたしだけではござりますまい。かくなる上は、江戸の剣術界にあって、高みに上った先生を見てみとうなるのは人情でござりまする」

「わかった。落ち着いた峡竜蔵など見とうはないが、今までのおれでは、後の世に名を残すような剣豪にはなれぬというところだな」

「今までの先生がいけなかったというのではござりませぬ。とかく世の中というものは、真面目《まじめ》な者こそが、人の上に立つ者だと思い込む風がござりまする。それゆえ難しい、と」

「なるほど、確かに難しいな……」

竜蔵と庄太夫がそんな話をしていると、いつの間にか店にいて、聞き耳を立てていたお富が、

「何を言っているんですよう。先生はもう、落ち着きすぎるくらい、落ち着いているじゃあありませんか！」

と、ちろりと盃《さかずき》を手に傍《そば》へ寄ってきて悪態をついた。

「何だお富、お前いたのか？」

竜蔵が苦笑いを浮かべると、

「いたのか？　とはお情けない。昔から薄情者だったけど、今じゃあ、恋女房一筋というところなんでしょうかねえ。ようよう真面目先生！」

お富は、若い頃に根津《ねづ》、上野《うえの》山下界隈《やましたかいわい》で女芸者として出ていたのだが、その折に当

時は下谷長者町《したやちようじやまち》の藤川《ふじかわ》道場で暮らしていた峡竜蔵と町で出会い、熱をあげていたという。

竜蔵はすっかりと忘れていたのだが、まだあどけなかったお富に、

「お前みてえな小便くせえのはごめんだよ」

などと憎まれ口を利いて、傍へと寄せつけなかったそうな。

それが二十八の時に、芸者から足を洗い、〝ごんた〟の隣に越してきて貸本屋を出し、竜蔵と思わぬ再会を果したわけだが、それからさらに三年がたった今もお富は竜蔵に熱をあげているというわけだ。

もう、小便くさいのを通り越して、〝膏薬《こうやく》くさい〟とからかわれているのだが、そのからかい方が、昔の不良ぶりを思い起こさせ、お富の熱をさらにあげてしまったといえる。

三十を過ぎたとはいえ、未《いま》だに彼女の肌艶《はだつや》はみずみずしく、肩から腰にかけてむっちりと付いた肉置《ししお》きの豊かさに惑う男達は数知れない。

そんな自分に対して、相変わらず昔の小娘みたいに接して突き放すこの男は何なのか。

自分は分をわきまえているつもりだ。綾という立派な御新造《ごしんぞ》から、峡竜蔵を奪える

とも思っていないし、そんな大それたことは考えてもいない。

それでも少しくらい、自分を女として認め、ちょっかいのひとつ出したとてよさそうなものではないか。

もう今では、もつれた恋に身を置くのも面倒であるが、自分にも女の意地がある。

この日も酔って絡んで、かるくいなされるのは承知の上なのだが、

「真面目先生！」

の一言に、

「お富、お前から見て、やはりおれは真面目野郎かい？」

意外や竜蔵は、神妙に頷《うなず》きながら応《こた》えたので、いささか拍子抜けしてしまった。

そこはお富とて、素人ではない。今日の竜蔵が、やさぐれ剣客から、品行方正なる聖人君子に変わりゆくべきか否か、軍師である竹中庄太夫に問いかけている様子は察していた。

あまりそれについて詰《なじ》ると、

――本気で嫌われてしまう。

そのように分別して、すっかりと勢いも弱まって、

「あたしは、ただ、その、先生くらいのお人なら、寄ってくる女を、まとめて一遍に

引き受けてやる……！　それくらいの度量があったっていいんじゃあないか、なんて思っただけでございますよ」

しどろもどろに言ったものだ。

「なるほど、お前の言う通りだ。おれという男は、女の気持ちがわからねえ朴念仁《ぼくねんじん》に違《ちげ》えねえ。女に哀《かな》しい想《おも》いをさせていたとしたら、そんな奴《やつ》に弟子を正しく導くことなど、そもそもできぬのかもしれぬな……」

竜蔵は、尚《なお》も神妙で、苦々しい顔をした。

「あ、いや、あたしはそんなことを言っているのではありませんよ。まあ、その、洒《しゃ》落《れ》でござんすよ。まあ、そのうちあたしの相手もお願いしたい、なんて、そう、洒落ですよ。真に受けるなんて、どうかしていますよ」

「そうだな、真に受けるなど、こいつはまったく真面目野郎の唐変木《とうへんぼく》だ……」

「そんなことはございませんよ。こういう話を巧みにかわすような人の方が、何やら信じられませんねえ、あたしは……。ああ、今はお話し中でございましたねえ。これはとんだお邪魔をしてしまいました。ちょいとあたしも酔ったようでございますから、また出直して参ります……」

お富は騒ぐだけ騒いで、そそくさと帰っていった。

その途端に、店の主人の権太《ごんた》が、入道頭に浮かぶ汗をきらきらと光らせながらやって来て、

「へへへ、さすが先生。うまくあの姉さんを、追い返しましたねえ」

と、楽しそうに笑って、いかの網焼を盛った皿をぽんと置いた。

「こいつはうまそうだな」

竜蔵は、庄太夫と笑い合いつつ、いかの切身に醬油《しょうゆ》を落し、軽く山椒《さんしょう》の粉を振りかけて口に運ぶと、

「真面目野郎にはできねえ芸当だろう」

「へい、まったくで……」

権太相手にしてやったりの表情を浮かべたものの、

――お富には、おれがつまらねえ男に見えたのは確かだな。

その想いは胸の底に残って、いかの美味《うま》さや、酒の酔いでは消えなかった。

こうと思えば端《はた》の迷惑を顧《かえり》みず、どこまでも突っ走る峡竜蔵であり続けたいが、人には歳《とし》と共に、その時その場において与えられる使命がある。

使命は天から授かったもので、卑怯《ひきょう》、臆病のそしりを受けようとも、果すことが出来る自分を作らねばならない局面もあるはずだ。もしや、今、剣術師範としての品格

を求められているとすれば、人に求められる品格を備えねばなるまい。

竹中庄太夫とは、そんな話をしたかったのだが、お富の乱入によって、剣客である前に、一人の男として、果して自分はどれだけ真剣に女と向かい合ってきたのか。はたと、そんな想いに捉《とら》われたのである。

自分を慕ってくれた女は何人もいた。だがそれに対してことごとく妹分として接し、己《おの》が本心をさらけ出したことなど一度もなかったような気がする。

綾と夫婦になったのも、恋を重ねたわけではなく、武家同士の婚姻によくある、

〝気が付けば夫婦になっていた〟

そのようなものではなかったか。

父・虎蔵《とらぞう》は違った。

多くの女から慕われ、それに対してしっかりと応え、恋には恋で返していた。

母・志津《しづ》とは、奔放《ほんぽう》な暮らしぶりゆえ、夫婦別れをすることになるが、虎蔵は誰《だれ》よりも、終生志津に恋をしていた。

そして剣をとっては、直心影《じきしんかげ》流屈指の名剣士となった虎蔵であったが、一方では己が道場を構え、己が剣法を弟子に伝えていくという使命は放棄したと言える。

その生き方が素晴らしかったとも思えない。

だが、峡虎蔵という男を回顧すると、自分とは違って、彼の生きざまはいつもしっとりと濡《ぬ》れていたような気がする。

それが何なのかはわからない。もし虎蔵が今も生きていたとしても、答えを出してはくれなかったであろう。

あれこれ考えるのはやめよう。人にはそれぞれ生き方があるのだ。つまるところ人は無いものねだりに明け暮れ、頭を悩ますのが癖で、それに気を取られたとて詮《せん》なきことなのだ。

そもそも竹中庄太夫と、これからの峡道場のあり方や、峡竜蔵の剣客としての生き方を、肩肘《かたひじ》を張らずに談笑していたのだ。お富が酔って絡んできたのを気にかける必要など何もない。

そうは思いつつ、竜蔵は、胸の奥の閉ざされた扉のひとつが開いたような気がして、その夜はなかなか眠れなかった。

二

他愛もないことに心を捉われる時。それは、何かが身の回りに起こる前触れかもしれない。

日々、剣に命をかけ、何度も生死の境目を歩いた竜蔵には、後で思えばあの時の心のうずきがそうではなかったかと言える事象が多々あった。

――女について、あれこれ思うとは。

もしや、綾とささいなことでいさかいを起こすのではないか。そうならぬように気を付けよう、少々菜が美味くなくとも文句は言うまいと、翌朝は何かと綾には穏やかに接し、

「何かよいことでもございましたか？」

と、首を傾《かし》げられたものだが、昼となって、亀沢町《かめざわちょう》に稽古場を構える団野源之進《だんのげんのしん》から遣いが来て、あらゆる心のうずきはどこかに吹き飛んでしまった。

「御足労ではございましょうが、何卒《なにとぞ》、稽古場へお出まし願いたいとのことにござりまする……」

遣いの者は、丁重に言上した。

――さすがは団野先生の門人だ。立居振舞が涼《すず》やかで、真《まこと》に礼儀正しい。

感心しつつ、我が門人は、日頃このように遣いをこなしているのかが、ふと心配になる。

団野源之進は、竜蔵の師・藤川弥司郎右衛門《やじろうえもん》から、直心影流の道統を受け継いだ赤《あか》

石郡司兵衛《いしぐんじべえ》の高弟で、今は第十二代的伝《てきでん》として君臨する、当代一の剣客である。

道統を受け継ぐにあたって、彼は峡竜蔵との仕合を望んだ。結局、勝敗が決せぬままに終ったのだが、それは源之進が竜蔵の実力を認めていて、

「峡竜蔵に敵《かな》わぬ者が、何ゆえ道統を受け継ぐことができよう」

という意思を抱いていたことの表れであった。

竜蔵は、もし源之進との仕合に勝ったとしても、人品骨柄が申し分なく、剣の理論にも長《た》けた源之進の他に、道統を受け継ぐ者はないと強く思っていた。

そして、この仕合によって、峡竜蔵の名声は大いに上がり、それが今の道場の隆盛に繋《つな》がっているのだ。

源之進に対しては、敬愛と感謝の念の他には何もない。

「峡先生にお出ましいただき、久しぶりに竹刀を交じえ、あれこれお話をしたいと、先生は仰せにござりまする」

それならば是非もない。

「団野先生の御都合よろしき日に、伺いましょう」

竜蔵は言下に応え、使者を茶菓で労《ねぎら》った。

団野源之進が本所《ほんじょ》亀沢町に道場を構えたというのは寛政《かんせい》七年（一七九五）であるか

ら、もう十八年にもなる。

峡竜蔵が、藤川弥司郎右衛門と死別し、三田二丁目に道場を開いたのは、後盾を失った暴れ者が、藤川道場に居場所を失ったゆえの〝所払い〟であったが、源之進は違う。

赤石門下にあって天才と謳《うた》われ、満を持しての道場開きであった。

歳は六つ、源之進の方が上であるが、子供の頃から藤川道場で暮らした竜蔵にとっては、六歳上の団野源之進は、自分などまったく手の届かぬところにいる大人の剣士に見えて、その時の緊張が今も残る。

八年前のあの仕合の後は、時に出先の道場で顔を合せると、稽古で竹刀を交じえていた。源之進の剣は日々円熟味を増し、

「まだまだ、この竜蔵には体得できぬ境地に存じまする」

と、感嘆させられてばかりいた。

訪《おとな》いは、翌日の昼に決まった。

「あれこれお話をしたいと……」

その言葉が少し気になり、竜蔵は供を連れずに、ただ一人で出向いたのであるが、

どうやらそれは当を得た配慮であったようだ。

両国橋《りょうごくばし》を渡ると回向院《えこういん》に出る。亀沢町はその東方にある。

船は使わず、体馴《な》らしに歩いて向かったので、着いた頃には汗ばんでいた。

「これはありがたい……」

源之進は、竜蔵を一目見てそう言った。

稽古に向けての用意を怠《おこた》らぬ竜蔵を称しての言葉であった。

「よくぞお越しくだされた」

それから、源之進は丁重に礼を言うと、

「あれこれ話す前に、やはりまず稽古を所望いたそうか。竜蔵殿、よろしいかな」

「はい。わたしも腕が鳴っておりまする」

自分にどのような話があるのか実に気になるものの、まず稽古をして、頭の中を真っ白にするのもよかろう。

道具一式は、団野道場で用意をするので、身ひとつで来てくれと言われて、稽古着だけを持参したのだが、防具はどれもしっかりと手入れが行き届いていて、面と小手は新調した物を柔かく揉《も》んであった。

「これはありがたい……」

思わず竜蔵が唸《うな》ると、

「次の機会に、また使《つこ》うてもらおうと思いましてな」

源之進は、にこやかに言った。

「では、わたし用にこれを」

「いかにも……」

「忝《かたじけの》うござりまする」

何よりの心尽しだとありがたがって、竜蔵はこれを素早く身につけて稽古場に出た。

源之進は、自分の方が歳は上だが、竜蔵は師・赤石郡司兵衛の弟弟子にあたるので、以前から、

「竜蔵殿」

と、気遣ってくれていた。この日の扱いはいつもにも増して、丁重を極め、竜蔵を恐縮させた。

「竜蔵殿。もはやおぬしは、それだけの剣術師範になったということじゃよ」

源之進は、何かというと喜び、すぐに恐縮する竜蔵がおかしくて、

「もっと偉そうにしていればよろしい」

笑顔でそれを窘《たしな》めた。

世間には下手に出る者を見下して、調子に乗った物言いで接する不心得者が多い。

そういう輩《やから》は、その場で叩《たた》きのめしてやりたくなるのが竜蔵であるから、ある程度、日頃から偉そうに見せている方が、かえって人のためなのだと源之進は言うのだ。

「なるほど、道理でござりまするな」

竜蔵は、その言葉をしっかり呑《の》み込むと、

「ならば、少しばかり偉そうに、稽古をつけさせていただきましょう」

団野道場の門人達に稽古をつけた。

「さすがは、団野先生の弟子だ」

直心影流の名物男である峡竜蔵と立合えるなど幸せこの上ないと、道場の門人達は、我も我もとかかってきた。

どれも歯ごたえのある剣士ばかりで、竜蔵も楽しくなってきたが、稽古をつけるうちに、

──我が弟子達も満更ではない。

と、思えてきた。

確かに猛者揃《もさぞろ》いだが、峡道場の弟子達は、彼らにまったく見劣りしていないのだ。

──時に、名うての道場で稽古をするのもよいものだ。

竜蔵は大いに満足を覚え、

「それでは、何卒一手御指南のほどを……」

源之進との立合を望んだ。

「いや、こちらこそ指南していただきとうござるが、せっかく竜蔵殿と立合うのじゃ。素面《すめん》でいかがかな」

源之進は、それに対して面を被《かぶ》らずに立合ってみたいと言う。

危険を伴う稽古だが、練達者同士であればこそ安全に出来よう。ましてや、団野源之進ならば申し分のない相手である。

「願ってもないことです」

竜蔵は、面を取り静かに源之進と対峙《たいじ》した。

門人達は、息を呑んで見守った。

「いざ!」

両師範は、ぐっと間合を詰めた。

かつての仕合と同じく、やはり両者は互いに相手の竹刀に〝真剣〟を見た。

その緊張を保ちつつも、今日は仕合ではない、稽古である。出来るだけ技を出し合いたいという想いは同じであった。

「えいッ！」

二人は、ゆっくりとひたすら間合を取り合った。

互いに相手の竹刀を表から裏から叩いてみせ、ぐっと間合を近づけてみたが、その緊迫に堪え切れなくなり、すっと間合を外す。

しばし、それが繰り返された後、若年の竜蔵から、

「やあッ！」

と、源之進の胴の胸突きめがけて飛んだ。

「うむッ！」

源之進は、それを見切り、くるりと右へ回り込み、竜蔵の左胴を打たんとした。

竜蔵は止まらず前へ出ることで、その一刀をかわし、源之進の小手を押さえる。そ
れを源之進がすりあげ、次の一撃を探る。

そうはさせじと、竜蔵は近間から鍔《つば》迫《ぜ》り合《あい》に持ち込み、二人はさっと引いた。

このようなやり取りが二度ばかり続いて、

「うむ。よい稽古ができた。忝《かたじけな》し……」

団野源之進は構えを解き、立合の終了を告げたのである。

三

それからは、団野源之進の自室に招かれて、酒となった。

「よい稽古となったのは、わたしも同じでござりまする。いや、素面での稽古など、先生とでなければ、なかなかできるものではござりませぬゆえ」

竜蔵は、稽古の興奮が冷めやらず、しばし、剣術についての想いを語り、源之進に剣の奥行を広げる極意などを問うた。

「ははは、竜蔵殿にそのような話をするのは、釈迦《しやか》に説法というものじゃよ」

源之進はふっと笑って、

「日々稽古を重ね、いかにすれば楽に技が出せるかを求める。それが少しずつわかれば、自《おの》ずと奥行も出るのではないか。歳をとってそう思うようになった……」

「考え過ぎはいけませぬな」

「いかにも、竜蔵殿も四十を過ぎて、あれこれと考えるようになったかのう」

「お察しの通りで。わたしは今までが、あまりにも向こうみずでござりましたゆえ」

「考えることは決して悪くない。大事なのは考える程合《ほどあい》ではあるまいか」

「その程合を知るには？」

「歳を重ねるのみ……」

「ははは、なるほど。さすがは先生。お話しするうちに、何やら体が軽くなったような心地がいたしまする」

竜蔵は深々と頭《こうべ》を垂れた。禅問答のようなものだが、相手が団野源之進であるだけに、すっと心の内に入ってくる。つまるところは、一流の人と接するに限ると納得したのだが、

——いや、これはいかぬ。今日は教えを請いにきたのではなかった。

源之進の方で自分に用があったのではなかったかと我に返った。

「あれこれと無駄口を利いてしまいました。わたしに何か、用があったのではございませぬか？」

竜蔵は姿勢を正した。

「うむ……」

源之進は改めて問われると、少し苦い表情を浮かべて、

「この話は黙って己が胸の内に収めておこうかと思うたのだが、どうもすっきりとせいで、竜蔵殿には話しておこうかと……」

「嬉《うれ》しゅうございまする。何なりと承りましょう」

「忝し」

源之進も言葉に力を込めると、給仕の者を下がらせて、

「竜蔵殿は、新田《にった》玄道《げんどう》先生に、よく手ほどきを受けていたように思うのだが」

「はい。若い頃、どういうわけか、新田先生には目をかけていただきました」

新田玄道は、故・藤川弥司郎右衛門の弟弟子にあたる剣客である。

剣技抜群で、自分を追い込み、一切の妥協《だきょう》を許さぬ稽古への執念は、恐しいものがあった。

泰平の世にあって、武芸は武士の嗜《たしな》みとなったが、武士が武士であるためには、いつ何時も命をかけた戦いに身を置く覚悟がなければならない。

戦は、殺すか殺されるかである。武芸はそのための道具ゆえに、絶えず研ぎすまされていなければならないのである——。

新田玄道は、その理念をもって日々、江戸《えど》見坂《みざか》の長沼《ながぬま》道場で稽古に明け暮れた。

大器晩成で知られる弥司郎右衛門に対して、玄道は若い頃から、切れ味が鋭く誰からも一目置かれていた。

やがて弥司郎右衛門が直心影流の道統を受け継ぎ、下谷長者町に開いた道場が、門弟三千人という発展を遂げるのだが、玄道はそれを素直に喜び、

「藤川先生のような、広く人に慕われる師範こそ、道統を受け継ぐに相応《ふさわ》しゅうござる。また、正流を極める御方がいるからこそ、某《それがし》のような変わり者が、好き勝手に剣術の極意を求められるというもの」

と兄弟子を称え、自分は板橋《いたばし》に小さな道場を構え、己が剣の真髄を求めたのである。

戦国の世の武士が求めるような武芸は、今の世には流行《はや》らないが、中には実戦に強くなりたいと願う者もいる。

僅《わず》かだが新田道場にも弟子が集まりはじめ、

「ここには、一騎当千の兵が揃っている」

と、評判をとった。

藤川弥司郎右衛門は、玄道が目指す剣にも、

「武士が忘れてはいけない理《ことわり》がある」

と認め、時に下谷への出稽古を依頼したり、若い門人を伴い板橋へも訪れ、交誼《こうぎ》を結んだ。

利かぬ気の暴れ者であった竜蔵を連れていくには、恰好《かっこう》の稽古場だと思ったのであろう。

竜蔵は、弥司郎右衛門の見立通り、新田道場へ行くと、へらず口を叩かなくなった。

生死の境を歩くのが真の武芸者だと信じる玄道の課す稽古は激烈を極め、その間もなかったのだ。

剣術はしっかりと学びたいが、生死の境など歩きたくはない――。

それが本音の門人達が猛稽古に音をあげる中で、竜蔵だけは、

「まだまだ足りませぬ」

と、うそぶいて、弥司郎右衛門の面目を立て、玄道を苦笑いさせたものだ。

そして玄道は、そんな竜蔵をかわいがってくれた。

藤川道場へ来れば、

「竜蔵、その後はどうじゃ、相も変わらず強がりを言うておるのか。まずかかって参れ！」

と、名指しで稽古をつけてくれたし、新田道場へ行くと、

「おう、参ったか。下谷の暴れ者めが」

喜んで迎えてくれた。

師・藤川弥司郎右衛門は、入門時既に高齢で、赤石郡司兵衛、森原太兵衛といった兄弟子に剣を仕込まれた峡竜蔵であるが、あらゆる争闘に臨んだ時、父・虎蔵と新田玄道が授けてくれた実戦術が大いに役立ったのは否めない。

師の死後は、すっかりと疎遠になってしまったが、今思うと玄道が自分をかわいがってくれたのは、

「こ奴は、自分と似ている」

と思ったからであろう。

玄道の弥司郎右衛門への想いは、正しく今の竜蔵が団野源之進に抱いている感情である。

荒稽古が身上で、少数精鋭の門人揃いの峡道場は、峡派として直心影流の中でも特異な存在になっているのも、まるで新田道場と同じである。

——そういえば、このところ会っていなかった。

それゆえその名を源之進に告げられると、

「まさか、どこか御具合が悪いとか……?」

そう訊《たず》ねずにはいられなかった。

「いやいや、矍鑠《かくしやく》とされているのは相変わらずだ」

「それは何よりでございました」

「お元気ではあるが。ちと厄介《やっかい》なことが起こっていてな」

「厄介なこと……」

「新田先生のところに、菅沼仁八郎《すがぬまじんぱちろう》という弟子がいるのを知っているかな」

「聞き及んでおります。十年ほど前に入門して、めきめきと腕を上げているとか」

「腕は立つのだが、粗暴なところがあるゆえ、先生は菅沼を他所《よそ》の稽古場へは連れて行かれぬそうな」

「わたしには耳の痛い話にございまする」

粗暴と聞いて、竜蔵は頭を掻《か》いた。

「いや、竜蔵殿のそれとはまるで違う。おぬしの場合は、利かぬ気が表に出ただけで、人を不快にさせるものではなかった」

「そうでしょうか」

「それゆえ今があるのじゃよ」

「畏《おそ》れ入りまする」

「菅沼は、己が腕を誇りたがる。己の他に強い者などはいない。あってはならぬ。その想いが過ぎて、強い者を見ると潰《つぶ》そうとするらしい」

「困った男でござりますな」

「既に新田道場の内には敵なしとなったが、稽古中に怪我《けが》をさせられた者も多く、これでは外へ連れていけぬと、先生もお思いになったのであろう」

菅沼仁八郎の名を聞けど、会ったことがなかったのは、こういう理由であったかと、竜蔵は合点がいった。

「とはいえ、檻《おり》に入れておくわけにも参りますまい」

「いかにも。強くなれば、外で己が腕を確かめとうなるものじゃ」

「まさか、新田先生の許しを得ずに……」

「うむ。ここへふらりと現れたというわけだ」

菅沼は、通りすがりを装い、物珍しそうに稽古場を武者窓の外から窺《うかが》っていたそうだ。

そのうちに退屈そうに伸びなどをして、ぶつぶつと独り言《ひとりごと》ちた。

「亀沢町も大したことはない」

その言葉を団野の門人が聞き咎《とが》めて、

「おぬし、最前からそこでぶつぶつと言っているが、ひとつやってみるか」

と、からかうように言った。

「奴はそれを待っていたのですね」

源之進は、溜息《ためいき》交じりに頷いた。

四

その折。ちょうど団野源之進は、稽古場にいなかった。

稽古をしていた門人もさほど多くなく、若手中心の立合が行われていた。

稽古を見ていた師範代は、菅沼仁八郎と面識がなく、

「この御仁が、稽古を所望なされております」

と、告げられて、軽い気分で許した。

この師範代もまた、仁八郎の態度を快く思っておらず、

「少しばかりなぶってやろう」

という思いに捉われていた。

あたふたとすると思いきや、

「これはありがたき幸せ」

と、ずかずかと稽古場へ入って来た浪人者に、いささか面食らったが、まさかこの男が新田玄道門下の凄腕《すごうで》とは思いもよらなかったのである。

仁八郎は、悪びれずに、

「では、素面にて、立合を願いたい。この若い御仁に相手をしていただこうかな」

そう言うと、相手に男谷精一郎《おだにせいいちろう》を指名した。

門人達は一様に笑いを押し殺した。

――子供相手なら勝てると思ったか。

そう受け取ったのだ。

男谷精一郎は、まだ十六で顔にあどけなさが残っているが、団野源之進が誰よりも期待を寄せている天才剣士である。

その強さは、稽古を見ればわかるというものだが、今は立合稽古を終え、面を脱いでいるゆえに、この珍客は別人だと思ったのであろう。

「それはよろしいが、素面では危なかろう」

師範代がそう告げると、仁八郎は精一郎の顔を覗《のぞ》き込んで、

「恐うござるかな」

と、真顔を向けた。

――危なかろうというのは、お前を気遣ってのことだ。

門人達は、また笑いを押し殺したが、

「お相手仕《つかま》つります」

精一郎は、すっと立ち上がった。

この相手がどういうつもりで、自分と素面で立合いたいのかは知らぬが、いずれにせよ挑戦は受けねば恥になる。自分はただ立合えばよいのだ。

十六の男谷精一郎は、剣の修行に対してはいつも淡々としていた。

「これはありがたい。だがやはり、素面では危ないかな」

ニヤリと笑う仁八郎に、精一郎もさすがに腹が立ってきて、

「いざ……」

素面で竹刀を構えて対峙した。

仁八郎は、竹刀に小手と胴だけを借りて、いよいよ稽古場に進み出て精一郎に向かい合った。

その刹那《せつな》、精一郎の体からおびただしく汗が吹き出した。

天才と呼ばれ、大人の剣士さえ己が間合に入れぬ彼が、言い知れぬ恐怖に襲われたのだ。

それは、人智を越えたところにある、野性の本能が呼び起こす恐ろしさであった。

それほど仁八郎が発する殺気は凄まじかったのである。

師範代も、ここへきて〝身のほど知らず〟と思ったこの男が、ただ者でないことに気付いた。

これはいかぬと立合を止めようとした矢先に、

「それ！」

と、仁八郎が打ち込んだ。

精一郎の竹刀を撥《は》ね上げ、小手から面を狙《ねら》う打ちは、速く重かった。

精一郎も軟弱な剣士ではない。

「やあッ！」

と、仁八郎の竹刀を打ち払い、右へ左へと足捌きよろしく仁八郎の攻めをかわし反撃の機を狙ったが、機先を制されて間合を捉えられていた。

後に第十三代的伝となる精一郎も、まだ練達の士とは言い難《がた》い。出ようとしたところを迎え撃たれた。ぐっと胴の胸突き辺りを突かれ、思わずその衝撃に崩れ落ちたのである。

「しまった……」

師範代が、両者の間に割って入った時、稽古場に団野源之進が姿を見せた。

「これは先生、お邪魔をいたしております」

仁八郎は、恭《うやうや》しくその場で座礼をした。

「おぬしは、新田先生の……」

源之進は、上州沼田《じょうしゅうぬまた》へ所用があっての帰り、板橋の宿を通った時に、新田道場に立ち寄ったことがあった。

その時、新田玄道は大いに喜び、

「団野先生もお疲れの由。まず、門人共の稽古を見てやってくだされば、ありがたき幸せと存ずる……」

稽古をお願いするまでもないと、丁重に源之進を労ったのだが、その折、群を抜いていたのが菅沼仁八郎であった。しかし、彼の剣は陰湿さばかりが目につき、玄道から仁八郎についての意見を求められた折は、

「技量は抜きんでておりまするが、気を付けねば、あれはたちまち邪剣になりましょう」

と、源之進は感想を述べた。これには玄道も、

「仰せの通りにござりまする」

と感じ入ったものだ。

あの日、源之進に稽古を求めなかったのも、仁八郎が無礼な振舞をせぬかと気遣ってのことではなかったかと、後に源之進は思っていた。

その菅沼仁八郎が、亀沢町の稽古場へ来て、男谷精一郎を叩きのめした。

胸を突いた竹刀は、そのまま精一郎の鎖骨を捉えていた。衝撃をかわそうと咄嗟《とっさ》に、体を入れかえた精一郎であったが、怪我は避けられなかった。

それでも、痛みに倒れるのは恥辱であると、精一郎はすぐに立ち上がり、

「今一本、お願いしとうござりまする」

と、仁八郎に告げた。

「それには及ばぬ。下がっていよ」

源之進は、精一郎を下がらせると、

「菅沼仁八郎であったな。これは新田先生の許しを得ての振舞か」

「いえ、通りすがりの仕儀にござりまする」

仁八郎が悪びれずに応えた。

「板橋へ戻って、先生にお伝えいたせ。団野源之進から、道場破りの真似《まね》ごとには、一切付合わぬと申し渡されたとな」

源之進は、落ち着き払ってそう告げた。

目には強い力が秘められていた。一流の剣客が醸す威厳には、さすがに仁八郎も鼻柱を折られたか、

「これはわたくしが至りませなんだ。御門人の御好意に甘えて、つい名乗りもせずに、

立合《たちお》うてしまいました。まず、お許しのほどを……」

神妙な面持ちで頭を下げると、団野道場から立ち去った。

そしてその翌日。

新田玄道が亀沢町を訪れ、源之進に弟子の不始末を詫《わ》びたのである。

話を聞いて、峡竜蔵は低く唸《うな》った。

「それは新田先生も、さぞや御心痛でござりましょうな」

「新田先生は、いたくお怒りでな。仁八郎にしばしの間、生れ在所の八王子《はちおうじ》へ帰るようにとお命じになられたとか」

それゆえ、この度《たび》の非礼は許してもらいたいと、玄道は低頭したのだと源之進は言う。

「仁八郎を稽古場へ上げたのは、我が門人の不始末であるゆえ、某も心苦しゅうなってな」

「団野先生も、かえってお気を病まれたというわけで」

源之進は、大きく息を吐いて頷いた。

「できのよい弟子を、これと見込んで育ててみれば、恐ろしい化け物になってしまうた……。弟子を持つ身には、考えさせられることではないか」

竜蔵も、恩師・藤川弥司郎右衛門には、数え切れないくらいの迷惑をかけていたのであろうと、今さらながら反省させられるが、自分が師となり弟子を持つ身になって言えるのは、これぞと思える弟子にかけられる迷惑は、師の楽しみにもなるということだ。

思い返すと、自分を叱《しか》りつけながらも、亡師はその時々で、どこか楽しそうにしていた気がする。

——先生、自分は化け物にはなっておりませぬな。そうでござりましょう。

心の中で亡師に語りかけつつ、

「して、男谷精一郎の具合はいかがでござりまする？　そういえば、稽古場で見かけなんだので、気になっておりました」

と、源之進の愛弟子《まなでし》を気遣った。

「大したこともないようじゃが、若い頃の無理は後々祟《たた》るもの。しばらく傷が癒《い》えるまで休ませることにいたしました」

精一郎は、

「何のこれしき。稽古をつけていただきとうござりまする」

と、願ったそうだが、鎖骨にはひびが入っているかもしれなかった。大事をとらせたのだ。

竜蔵は、仁八郎が精一郎を狙ったのが何よりも気に入らなかった。

この先菅沼仁八郎を越えていくやもしれぬ者は、今の間に潰しておく。奴はそのような算段の下に、男谷精一郎を相手に指名したのではなかったか。

しかも素面での立合を望むとは、危険極りない男である。

「されど、菅沼なる者。八王子に戻したとて、心を改めて戻ってきますでしょうか。こちらの道場だけではなく、奴めは他でも道場破りまがいのことをしていたのではござりませぬかな」

竜蔵の声音も熱を帯びてきた。

他人事《ひとごと》にはせず、感情を顕《あら》わにして話に乗ってくれる男は、そういるものではない。団野源之進ほどの剣客であっても、とてつもなく強い援軍が現れたようで嬉しくなってきた。

「某もそのように思うているのだ。それゆえ、新田道場が気にかかってならぬ」

「新田先生は、底知れぬ強さを秘められた剣客ですが、何分、お歳を召されておりまする。本来、跡を受け継ぐはずの弟子がこれでは、随分と持て余されておりましょう」

「いかにも……」

「まず、わたしが様子を見て参りましょう」

「行ってくれるか……」

源之進は、威儀を正して竜蔵を見つめた。

竜蔵は、今日、亀沢町に呼び出された意味を悟った。

「喜んで参りましょう。このところ新田先生にお会いできておりませなんだ。よい機会にござりまする。団野先生は、直心影流の道統を受け継がれている御方にござりますれば、菅沼仁八郎ごときと関《かか》わる謂《いわ》れはござりませぬ。また、新田道場のことは、打ち捨てておかれるのが何よりと存じまする」

「忝し」

源之進の顔が上気した。

立場としては超然としておらねばならない。

しかし、新田老師への尊敬の念と労《いたわ》り。愛弟子・男谷精一郎を潰さんとして、亀沢町へやって来た菅沼仁八郎への不快。

黙っているわけにもいかない源之進である。その機微《きび》を察してくれる峡竜蔵の存在は真にありがたかった。

「万事お任せのほどを」

胸を叩く竜蔵に、

「竜蔵殿。預けた限りは、おぬしの存念にて当たられよ。こ度の一件は、団野源之進では務まらぬことだ。よい剣友を持ったと思うておりまするぞ」

「畏れ多うござる……」

「ひとつだけ余計なことを言わせてもらうと、おぬしは偉《えろ》うなっていく自分がおもしろうない、鼻につく、などと思うているのではないかな」

「さて、それは……」

竜蔵は、このところの自問自答を言い当てられたじたじとなった。

「偉うなったとて、鼻についたとて、峡竜蔵には違いない。この先どのような峡竜蔵が現れようとも、某はいつも贔屓《ひいき》にしてござるぞ」

源之進はにこりと笑った。

「偉うなったとて、鼻についたとて、峡竜蔵には違いない……。ははは、じたばたしても無駄でござりまするな」

竜蔵の胸の内で、悶々《もんもん》としていた剣術師範としての生き方への迷いがひとつ、ふっと断ち切れたような心地がした。

五

　翌朝。間髪《かんはつ》を容《い》れず、峡竜蔵は板橋へと向かった。

　団野源之進との語らいによって、心の内がすっきりとした竜蔵であったが、新田道場を訪ねる際、忘れてはならぬことがあった。

　玄道の娘・夏《なつ》の存在である。

　遅くに授かった娘で、歳は竜蔵より七つ八つ下で、綾と同じくらいであろうか。

　玄道の剣友の娘であったという母親を早くに亡くし、父にまとわりつくように育つうちに、女ながらも武芸を修めるようになった。

　藤川弥司郎右衛門の道場に玄道が訪れる折は、いつも付いてきた。

　それゆえ、まったく同じような境遇で、子供の頃は父・森原太兵衛と藤川道場で過ごした綾とは顔馴染であった。

　もちろん、弥司郎右衛門の内弟子であった竜蔵とも古い付合いとなる。

　藤川道場の門人達に私的な話など滅多にせぬ玄道が、竜蔵だけには、

「すまぬが、夏に稽古をつけてやってくれぬかな」

と頼んできた。

──女に稽古をつけるなど無駄なことだ。

竜蔵はそのように思いつつも、構ってやれば、それだけ玄道が自分に稽古をつけてくれるだろうと、夏の稽古相手をしてやったものだ。

夏は、竜蔵の本意がわかるのであろう。

「わたくしを女とお思いにならずに、お相手してくださりませ」

大きな目で竜蔵を睨《にら》むようにして、はきはきと声をかけてきた。そして恐るべき気合で打ち込んでくるのであった。

子供の頃は、まるで竜蔵の相手にならず、

「竜蔵殿、また手加減をなさいましたね」

稽古が終ると口を尖《とが》らせていたが、それが成長に伴い非凡な技を身につけてきた。

藤川道場に稽古に来る度にそれは如実となり、竜蔵もうかうかとしていると、軽く一本取られるようになっていた。

相変わらず竜蔵にかかってくる時は、気合十分で打ち込むので、

「おれに勝とうったってそうはいかねえよ」

いつしか竜蔵も本気になって打ちのめすようになった。

十六、七の娘盛りになると、

「ああ、口惜《くや》しゅうございます。いつかきっと勝ってみせますゆえ、御覚悟を」

などと、小癪《こしゃく》な口を利いてきた。

綾は、そんな夏の姿を見る度に、

「わたしも、剣術をしっかりと修めようと思ったこともありましたが、夏さんのようにはとてもなれません」

と、感心した。

同じ年頃で、同じように剣客の娘として育った二人であるから、互いに親しみを覚えていて、

「わたくしは、とても綾さんのような、しとやかな女子《おなご》にはなれませんので、せめて剣術の真似事をしていたいのです」

夏は、いつもそのように返していたが、親しみは持てど、男の弟子の中に交じって稽古に励む夏に、綾が近付ける間もなく、たまに顔を合せても二言三言交わすだけで別れることが多かった。

その後、板橋の新田道場にも入門者が増えた。

自ずと玄道も己が道場で指南に当る日が増えて、夏は父の許《もと》で稽古に打ち込むようになった。

竜蔵も三田二丁目に、今の峡道場を開いて新しい剣客としての日々を送った。

綾もまた、父・太兵衛の死によって、竜蔵の母・志津が、その父である国学者・中《なか》原大樹《はらたいじゅ》と暮らす本所出村町《でむらちよう》の家に寄宿するようになった。

それゆえ、竜蔵も綾も、夏とはほとんど顔を合せることがなくなった。

夏は、女とは思えない剣技を身に付け、抜群の強さを誇るようになったが、玄道は年々娘を他道場へは連れていかぬようになった。

竜蔵が思うには、玄道は強くなり過ぎた夏を他道場へ連れて行けば、何かしらの軋《あつ》轢《れき》を生むと配慮したのであろう。

大人になるにつれ、夏の剣は、女にしか出来ないしなやかな体使いによって成される、独特の剣に発展していった感がある。

そうなると、男の剣士達は慣れぬ相手だけにかえって戦い辛《づら》くなる。

「男に生まれてくれたならばよかったものを……」

玄道の口癖が表すように、夏には武芸に対する天賦の才がある。技を生み出す勘のよさは、竜蔵とて何度も感嘆したほどである。

それでも、剣士達は、

「女に負けるとは何たる不覚……」

と思ってしまうものだ。

玄道は、そのような嫌な想いを、方々の門人にさせるのは忍びないと考えたのではなかったか――。

そのような変遷を経て、竜蔵も綾も夏とは疎遠になり、もう十年以上も会っていない。

しかし、若い頃は、竜蔵にも綾にも人懐っこい笑顔を向けてきた夏に対する思い出は、夫婦共に色濃く残っている。

団野源之進に会った日の夜。綾に新田道場を訪ねると告げると、

「あら、それはお懐しゅうございます」

颯爽《さっそう》として竹刀を揮《ふる》っていた夏を思い出して、綾はあれこれと昔話を引っ張り出したものだ。

「今も、独り身で剣の修行をなさっておいでとか。ひたすら打ち込めるものがあるとは、それもまた幸せなことかと思います」

女が嫁にも行かず、武芸一筋に生きるなどおかしなことであると、誰もが言い立てる時代に、綾はこのような考えを持っていた。

「何やら気にそぐわぬまま夫と暮らすならば、別れてしまえばよいのです。女一人で

も、思うところがあれば立派に暮らしていけましょう」

竜蔵の母・志津は、そう言い切る。そんな志津の許で一時暮らした綾は、多分にその影響を受けていたのである。

「幸せと思うか？」

竜蔵は、手放しで夏の生き様を称えてやりたいが、

「打ち込める物があるのは確かに幸せであろう。だが、なまじ武芸の才を得たがために、苦難の道を歩まねばならぬこともある。おれはどうもそれが気になるのだよ」

と、綾には本音を語った。

菅沼仁八郎なる凄腕の門人が、父・玄道の教えに反して、己が腕を見せつけんとしていることに、夏はどのような想いでいるのであろう。

時と場合によっては、玄道に代わって、仁八郎を討ち果すくらいの意思を持っているのではなかろうか。

二人の対立が想像出来て、竜蔵の心を揺らすのだ。

そう言われると綾も剣客の娘である。この峡道場では考えられぬ波風が、新田道場で立っているのではないかと案じられた。

「新田道場とは何ゆえ行き来がなくなったのでございます？」

そして、日々の忙しさに紛れてまるで考えが及ばなかった、夫と新田玄道との交遊について改めて気付かされたのだ。

「おれが、長い間、板橋へ行かなんだのは、この道場で独り立ちすることになった時、玄道先生に、この後、板橋へは来るでないぞと、言われたからなのだ」

と、打ち明けた。

「竜蔵、おぬしとわしは、考えが似ているようじゃ。だが、おぬしは型破りではあるが、直心影流の正流を汲《く》む剣をとらねばならぬ。それゆえ、おぬしの剣がしっかりと固まるまで板橋へは来るな。よいな」

そのように言われたのだ。

「新田先生がそんなことを」

綾はしばし首を捻った後、

「そうでしたか。峡竜蔵が自分の真似をしないように慮《おもんぱか》ってくださったのですね」

と言い、竜蔵はにこやかに頷いた。

「あの頃のおれは、弟子など取らずとも、好きなように、自分のやりたいように剣をとることばかり考えていたからな」

それではいけない。たとえ直心影流峡派として、一目置かれる存在になったとて、剣術としては異端と見られるかもしれない。意地になって異端もまたよしなどと思ってしまえば、一流の剣客にはなれないと、玄道は自分の反省を元に竜蔵を戒めんとしたのだ。

初めは自分の道場を維持していくのに大変で、日々忙しく暮らしたから、新田道場どころではなかった。しかし、やがてまがりなりにも剣客として落ち着いた時、新田玄道の言葉の意味がひしひしと伝わってきた。

その意味がわかったからこそ、

「おぬしの剣がしっかりと固まるまで板橋へは来るな」

という教えは、しかと守ろうと心に誓った。剣客として、道場の師範として、人に認められるまで行ってはならぬと――。

その封印が、団野源之進の頼みによって解けた。

源之進に認められ、三十人の門人を擁《よう》する道場を構えた今なら胸を張って訪ねられよう。

「綾、やっとその日が来たということだ。夏殿と話す機会があれば、お前が懐かしがっていたと伝えておこう」

今朝、竜蔵は綾にそのように告げて道場を出たのである。

綾は笑顔で見送ったが、その表情はいつになく強張《こわば》っていた。そして、竜蔵は綾の心中に波打つ動揺を、背中で読み取ることが出来ぬままでいたのである。

六

新田玄道の道場は、板橋中宿《なかじゅく》の石神井《しゃくじい》川の岸辺にある。

千住《せんじゅ》、品川《しながわ》、内藤新宿《ないとうしんじゅく》と共に、四宿と呼ばれる板橋は、中山道《なかせんどう》の第一の宿として賑《にぎわ》っていた。

それでもここは江戸の外れで、門弟を集めるには不便な場所である。

芝増上寺《ぞうじょうじ》にほど近い江戸見坂の長沼道場に通っていた玄道が、わざわざこの地を選んだのは、江戸の真ん中にいれば、中央剣界の動きや流れを嫌《いや》でも意識してしまうからであった。

とはいえ、江戸から遠く離れてしまうと、実力のある剣客相手に稽古が出来なくなる。

弟子を集めるために道場を開くつもりではないが、中には新田玄道の許で剣術修行をしたいと思っている武士もある。

あまり遠くては通うことすらできぬのだ。それゆえこの板橋が、ちょうどよい地だと思ったのだ。

以前玄道は、

「己が剣を貫くならば、山に籠《こも》ってでもすればよいのだろうが、それもまた未練よのう」

つくづくと竜蔵に言ったことがあった。

その気持ちは、痛いほどわかる。

――そうして強い弟子を育てたのにもったいない話だ。

竜蔵は菅沼仁八郎の技をこの目で見たかったが、彼は素行の悪さを指摘され帰郷させられている。ほとぼりが冷めるまでには、まだ日がかかるであろう。

「さて、どうなるか……」

今日は、竹中雷太を供とした。

話次第では、数日旅籠《はたご》に泊まらねばならないと綾には告げてきたから、雷太は旅する気分で、足取りも弾んでいた。

巣鴨《すがも》の通りを抜け、板橋に入ると、石神井川が見えてきた。

藤川弥司郎右衛門に連れられ、新田道場で夏稽古に励んだ帰り。あまりの暑さに頭が朦朧《もうろう》としてきて、

「先生、ごめんくださりませ！」

と叫んで、川に飛び込んだことがある。

濡《ぬ》れ鼠《ねずみ》となり、着物がすっかりと重くなったが、正気に戻り、炎天下の往還を歩くと涼しくて心地がよかった。

今思えば、師の前で何たる不調法であろうか。思い出すにつけ恥入るばかりだが、

「竜蔵、ちと待て！」

弥司郎右衛門はそう言うと、叱るのではなく、自らもまた川へ引き返し、ざぶんと飛び込んだ。

「お前があまり気持ちがよさそうであったゆえにな……。うむ、年寄りの冷や水というが、これは確かに心地がよい」

そして弟子と共に、水をたらしつつ道を歩いてくれたのである。

入門時、既に老境にあった亡師が見せた、数少ない稚気の思い出が、この川にあった。

竜蔵の胸に込み上げるものがあった。

何かというと昔を思い涙するおやじ達を見て、

——ああは成りたかねえや。

と思っていたが、かつて竹中庄太夫が教えてくれた通り、歳を取ると涙の栓が緩むものらしい。

思い出の川に沿って進むと、新田道場が見えた。切り出したままの自然木を両横に立てた吹抜門《ふきぬきもん》。板塀に板戸がいかにも武骨な様は今も変わらない。

案内を請うと、美しい少年の剣士が応対に出て来た。しかしよく見ると、それは髪を後ろに一括《ひとくく》りにした女武芸者であった。

「峡先生……」

目を丸くしたのは夏であった。

「夏殿か……。驚かせてしまいましたかな……」

夏はあの頃と変わっていなかった。

三十半ばになろうというのに、肌はみずみずしく、黒目がちの大きな目の輝きも色あせていない。

「確かに、驚きました」

夏は、たちまち顔を上気させた。

「このところは御立派になられて、御多忙と聞き及んでおりましたゆえ」

物言いだけは、大人のゆったりした口調に変わっている。

「いつ、お訪ねいたそうかと思うておりましたが、やっとのことに……」

「嬉しゅうございまする。父も喜びましょう。まずお上がりくださりませ」

会えば、藤川道場で交わしたような、くだけた言葉を投げかけようかとも思ったが、まず師範の顔で対するのが礼儀というものだ。

「忝うござる」

と、落ち着いた立居振舞で、玄道の前へと出た。

「いよいよ参られたか……」

母屋の一室で竜蔵を迎えた新田玄道は、実に嬉しそうな表情を見せた。

髪には白いものが増え、皺《しわ》も深くなったものの、剣を取れば何人がかりであろうと倒されぬという凄みが、依然体から放たれている。

「己が剣がしっかりと固まるまでは、板橋へは来るなとの仰せを忘れたわけではござりませぬが、お会いしたき想いが勝りましてござりまする」

竜蔵は、恭《うやうや》しく座礼をした。

「そなたほどの剣客に、くだらぬことを申したと、今となっては恥ずかしい限りじゃ。会えてよかった……」

玄道は、しみじみとした物言いで、再会を喜んだ。

先日、団野道場へ詫びに出向いたことが、既に竜蔵の耳に入り、心配で会いに来たと察しているはずだが、そのような話は持ち出さずに、玄道は言葉少なに竜蔵の総身をしばし感慨深げに見つめていた。

その眼差《まなざし》は、亡くなった祖父・中原大樹が時折自分に見せたのと同じやさしさを含んでいるように思えた。

照れくさくはあるが、どうです、いっぱしの剣客に成ったでしょうと、竜蔵は精一杯威儀を正してみせた。

稽古場からは、大勢の門人達の掛け声が聞こえくる。

夏の声らしきものも、その中にあった。

彼女は、竜蔵を案内し茶を供すると、

「ごゆるりと……」

にこりと笑って、すぐにその場から下がっていた。

その仕草には、

「まず、わたくしの剣を御覧じ候え」

という言葉が含まれていたような気がする。

「夏殿も、ますます強うなられた由……」

「そなたが参られたゆえ、張り切っているのであろう」

「まず拝見いたしとうござりまする」

「門人の稽古共々、見てやってくださるかな」

「喜んで……」

「じゃが、夏の剣を徒《いたず》らに誉めてはなりませぬぞ。調子に乗って、外へ出たがるようになってはならぬ……」

玄道は、苦笑いを浮かべながら言った。

夏の剣技は、恐らくかなりの高みにまで達しているのであろう。

だが、玄道はやはりそれを良しとしないのだ。

幼くして母に死に別れた娘をあやすには、剣術が何よりの方便であった。せがまれるままに武芸を教えることでしか、玄道は娘に向き合える刻《とき》を作れなかったのに違いない。

そして、思いもかけぬほどに娘は剣術に打ち込み、驚くほどの上達を見せた。

とはいえ、これをうっかりと外へ出せば、方々で恨みを買うかもしれぬ。前よりも尚、その点を気遣っているようだ。

つまり、新田道場の内だけで剣を極めていくのが夏のためだと、玄道は考えているのであろう。

だが、道場に日々籠っていても、さらなる上達はない。

峡竜蔵に己が立合稽古を見てもらいたい――。

娘の熱望を察しつつ、玄道はやはり心配であるようだ。

竜蔵は玄道と稽古場へ出ると、見所《けんじょ》に並んで稽古を見た。

団野道場の門人達と比べると、荒削りで洗練されていないが、玄道が目指す実戦に適した剣がどの剣士にも備わっていた。

その数は二十人足らず。掛札を見渡すと、さらに五、六人がいるようだ。

本来ならば、もっと門を叩く者があってもよいはずだ。そう思わせる熱が稽古場には溢《あふ》れている。

それでも、

――なかなか流行りはせぬな。

竜蔵は心の内で苦笑いをした。

板橋という立地の悪さに加え、実戦を意識するあまり、立合において剣士達はことごとく打ち合う手数が少ない。

真剣を手に戦うには理に適《かな》っているが、真に地味だ。稽古ではもっと華々しく打ち合い、そこから真剣勝負を見据えた立合を工夫するべきではないか。

そうでなければ、入門者の心をくすぐらぬであろう。

とはいえ、玄道に言わせると、手数が少ないのは、まだ新田派の目指す剣の高みに近付いておらぬゆえの未熟ということなのかもしれない。

実際、打ち込み稽古の激烈さは相当なものであったから、それが立合で生かされていないだけだともいえる。

――要は、新田先生の求める剣が、あまりにも高いところにあるのだな。

妥協を許さぬのが新田玄道の信条であり、及ばぬ弟子を見捨てはせぬが、その技量に自分の剣を合せようともせぬ。それが苦ならば出ていけばよいのだ。

だが、この老師の理想に近付けたとしたら、恐るべき剣士が生まれるであろう。

それを、娘の夏が実証していた。

竜蔵が稽古場に現われる前までに、体馴らしをした夏が、いよいよ門人達を相手に立合を始めた。

「えいッ！」

よく通る声には、年月を経て重みが加わっていた。女の声ではない。夏という剣士の声だ。そう思わせるほどに、夏の剣技は際立っていた。

体のしなやかさは、娘の頃よりもさらに磨きがかけられ、剣士達が思い切りよく打ち込む技を、巧みにのけぞるようにしてかわし、その反動をもって逆襲に転じ、一旦技を繰り出すと、右へ左へ体を入れ替え、実に無駄なく小手から胴、引きながらに面を捉える。

新田派の剣を地味と捉えたのを、竜蔵は恥じた。打ちに無駄がないのが身上で、会得出来ぬうちは手数が少なくなり、地味に見えるのである。

「先生、これは誉めねば嘘《うそ》をつくことになりましょう」

竜蔵は低く唸った。

「竜蔵殿の目から見て、誉められる剣でござるかな」

「言うまでもなきことにて」

「困ったものじゃのう……」

玄道は実に苦い表情となった。

「困ったものとは異なこと。立派な師範代ではござりませぬか」

「菅沼仁八郎のことはお聞きか？」

「伺いましてござる」

「あの者がしっかりとしておれば、夏に弟子達の稽古はつけさせなんだのだが……」

「では、夏殿は今まで、先生のお弟子とは？」

「一切稽古はさせなんだ」

「左様でござりましたか……」

夏の稽古は、すべて玄道がつけていたという。竜蔵には頷ける。厳しい稽古を課す玄道ではあるが、弟子への思いやりは忘れない。

稽古の激しさにふらふらになり、その上女の夏に叩きのめされては、やる気も失せるであろうと気遣ったのだ。

まだ小娘の頃は、男勝りの剣法を頬笑《ほほえ》ましく眺められたが、大人になるにつれて強さを増す夏は、次第に周囲の剣士から疎まれ始めた。

竜蔵から見れば、

「女に負けるのがそんなに悔しいなら、もっと稽古を積んで、負けぬ様に己を鍛えればよいではないか」

となるが、師の娘であるという遠慮もあるのだろう。また、菅沼仁八郎などという、負けず嫌いを絵に描《か》いたような門人との対立を生むことも多分に考えられた。

「だが、わしが娘に稽古をつけているのは弟子達も知っていて、仁八郎を八王子に帰してからは共に稽古をしたい、いや、夏に稽古をつけてもらいたいと言い出してな」

「正しいことだと思います。夏殿の技量は、もはや、男であるとか、女であるとかの話ではござりませぬ。わたしがここの門人であれば、共に稽古をしたいと願うでしょう」

玄道は、にこやかに頷いたが、

「そこで、竜蔵殿に話したき儀がござる」

「わたしに……？」

「予《かね》て話をしたいと思うていた折に、今日の訪い。これも何かの縁と思うて聞いてもらいとうござる」

玄道は、改まった物言いで竜蔵を見た。

「何なりと……」

畏《かしこ》まる竜蔵の目に、稽古相手に一本も許さぬ夏が、華麗に舞うがごとく、抜き胴を決める姿が目に入っていた。

七

新田玄道は、一通りの稽古を見せると、峡竜蔵を伴い、再び自室へ招いた。竜蔵は供の竹中雷太を稽古に加えてもらい、ただ二人で談合をした。

団野源之進は、詳しく語らなかったが、彼の目には玄道の言葉の端々から新田道場が抱える諸問題が窺い見られて、これはすぐに手を打たねばならぬと思ったのであろう。そして、玄道が峡竜蔵に助けを求めていることも同時に察したのだ。

玄道の竜蔵に向ける目の真剣さが、それを物語っていた。

「話したき儀とはほかでもない。この新田道場の行末についてじゃ」

「行末……」

「剣客とは、己を律し、己が剣を求め、ひとつの高みに到達いたさば、その術を誰かに伝える……。そうあるべきと心得てきた」

「はい」

「己が剣の修得には何の未練も悔いもないが、弟子を育てるということについては、いかんともしがたい」

「そうでしょうか。確かに菅沼仁八郎は道を誤まったかもしれませぬが、己が腕を誇りたくなるほどの技量を身につけさせたのは先生の指南の賜《たまもの》でござりましょう。さらに夏殿のあの剣は、今まで見かけたどの女武芸者も、足下に及ばぬほどの腕と存じまする」

「そう言われると、かえって辛《つろ》うなる……。菅沼仁八郎については、師として恥入るばかりじゃ。若き頃の過ちならば、この先仕込み直せばよいが、三十を過ぎて己が腕を誇らんと、師をないがしろにするなど言語道断の所業である。一旦、八王子へ戻したのは、その間に道場のこれからを決めてしまおうと思うたゆえの方便なのじゃ」

「ならばいっそ破門といたし、夏殿を後継となされればいかがかと……」

「いや、弟子達はそれを認めるかもしれぬが、笑《わろ》うてくだされ。この玄道も娘がかわいい。女の身で一道場の師範になるなどとは、並大抵の苦労ではない」

竜蔵は言葉に詰った。確かに玄道の言う通りである。父の許で、伸び伸びと剣を極めてきたかもしれぬが、それも新田玄道あってこそのものである。

女が道場主であることへの世間の目は冷たかろう。夏は利かぬ気ゆえそれに反発する。反発するのはよいが、門人達が辛い想いをするのは避けられぬ。そして己が志と、弟子への配慮の板挟みとなるのは目に見えている。

「仁八郎が、己が剣に溺《おぼ》れることなく、真《ま》っ直《す》ぐな剣客に育ってくれたならば、そのうちに夏と一緒にさせて、この道場を継いでもらいたい。そのような甘い夢を見た頃もあったが、夏は初めから仁八郎を毛嫌いしていた。ははは、夏の男を見る目は正しかったということだな」

玄道は力なく笑ってみせた。

「夏殿は、この先どのように……」

「いつまでもわしの女中のように傍へ置いておくわけには参るまい。幸い夏には剣の腕が備わっておる。奥向きの武芸を司《つかさど》る別式女《べっしきめ》になるならば、いくらでも貰《もら》い手はあろう」

「大名、旗本の奥向きへ……。それもまた気苦労が多いと存じまするが」

「だが、町中で剣術道場を開くよりは、女である値打ちがある。また、そこで良縁に巡り合うやもしれぬ」

「なるほど。やはりその方がよろしゅうござりますかな」

「そこで、竜蔵殿に願いとは、そなたにこの道場を預かってもらいたい」

「何と……」

「もちろん、ここへ移れとは申しませぬ。弟子達を三田へ引き取ってくださるならそれでよし。板橋の者達のために、これと見込んだ師範代を送り込み、時折は出稽古くださるのならそれもよし。委細、竜蔵殿にあずけとうござる」

　玄道は、きっぱりと言った。それがいかに切望していることか、言い終った後の、すっきりとした表情から窺われる。

　竜蔵は、この敬愛する剣客の祈るような顔を初めて見た。

「先生は、わたしを買いかぶっておられるようにござりまする」

竜蔵は静かに応えた。

「先生が築いてこられたこの道場を、わたしごときが受け継ぐなど、あってはなりませぬ」

「いや、そなたであればこそ、任せられよう。先だって藤川道場へ参った折、久しぶりにそなたが立合うている姿を見た。見事であった。竹刀が真剣に見えた。あまりの腕前に、心を打たれ声をかけそびれた。その時、竜蔵殿は弟子を二人ばかり連れておいでであったが、この二人もまた見事に鍛えられていた。その時から、わしの肚は決まっていたのじゃ」

「先生。あまりに急な話でござりまする。先生は以前と変わらず御息災の由。道場を預けるなど、まだまだ先のことにござりましょう」

「いや、このところの体の衰《おとろ》えは、いかんともしがたきものがある。己が体のことはこの身が誰よりもようわかる。竜蔵殿、今すぐ返事をせよとは言わぬ。しっかりと考え、何卒、何卒よしなに……」

玄道に頭を下げられると、竜蔵は困ってしまった。

「お気持ちは嬉しゅうござりまする。さりながら、ひとまず持ち帰らせていただきとうござりまする」

まず、そのように応えた。

「承知いたした……」

玄道はしっかりと頷いた。

八

峡竜蔵は沈思黙考した。

新田道場から戻った時は、低い唸り声ばかりをあげていたので、周囲の者達は何ごとが起こったのかと案じたが、綾、竹中庄太夫、神森新吾の三人には、

「新田先生から、弟子達を預ってくれと頼まれたよ。もちろん、今すぐという話ではないのだがな……」

と、だけ伝えて、それから自室へ籠って頭を捻《ひね》ったのである。

玄道の言うことは、もっともだと思う。

あの、夏の腕前ならば、別式女として迎えたいという大名家は、いくらでもあろう。

だが、夏はそれをよしとするのであろうか。

たとえ父であろうが、自分の剣と生き方を決められては、反発するのではなかろうか。

玄道との密談の後、そそくさと道場から引き上げたが、その折に夏は、

「峡先生、もうお帰りでございますか」

哀しそうな顔を見せた。

「夏殿、大層な上達ぶりでござった。そのうちに手合せをしとうござるな」

「先生には敵いませぬ」

「さてそれはどうかな。あの頃の夏殿の剣とはまるで違う。峡竜蔵もたじたじとなろうよ」

そんな言葉をかわすうちに、夏の表情も和らいだが、少し思い詰めた様子が気にかかった。

新田道場を預かるのはそれほど難しいことでもない。

来る者は峡道場に迎え、板橋で稽古をしたい者のためには、誰か師範を送ってやればよいのだ。しかし、新田玄道のたゆまぬ研鑽《けんさん》によって生まれた道場とその門人達である。それを容易《たやす》く峡派の色に染めてしまってよいものか――。

葛藤《かっとう》していると、二日後に何と夏が訪ねてきた。

竜蔵が驚いて迎えると、玄道には何も告げずに出てきたと言う。

「まず、一間にお上がりくだされ……」

しかし、夏はそれに応じず、

「今日は、先生にお願いがあって参りました」

「願い……？」

「父上が、道場を先生にお任せしたいと申し上げたとか」

「いかにも。どうやら夏殿には不服のようだな」

「不服でござりまする。どうせ女には、道場の主《あるじ》は務まるまい。そのように見くびられたのが口惜しゅうてなりませぬ」

「見くびったのではござるまい。それも親心ゆえのこと」

「それこそ、見くびったに等しゅうござりまする」

「それで、わたしにどうしろと？」

「わたくしと仕合をしていただきとうござりまする」

「仕合を？」

「わたくしが勝てば、父の申し出を断っていただきとうござりまする」

「なるほど、そういうことか。よろしい。お受けいたそう。ただし、防具はしっかりと着けた上で、特に立会人は付けずにいたそう。よろしいかな」

「忝うござりまする」

竜蔵は、嘆息しつつも、過日見た夏の剣と立合ってみたいという剣客としての興がそそられていた。

まだ日の暮れまでには間があったが、その日の稽古を終えると、竜蔵は庄太夫と新吾、雷太と内田《うちだ》幸之助《こうのすけ》だけを道場に残し、夏と稽古場で相対した。

「言っておくが、面を着けるのは、夏殿が女であると気遣《きづこ》うたのではない。あの頃のように、存分に立合いたいゆえ」

「はい……」

「いざ！」

竜蔵は、言うや否や夏の竹刀を、上から叩《はた》いた。余の者ならば叩き落されるほどの衝撃が、夏の手を襲ったが、夏の手首はしなやかに竹刀を元の構えに戻していた。

竜蔵は、面の内でニヤリと笑った。

「竹刀は、手の内で躍るように軽く持って操ればよいのだ」

若い頃に、竜蔵はそう言って、男との稽古に力みがちな夏を戒めたことが何度かあったからだ。

夏の口許も綻《ほころ》んだ。竜蔵の想いがわかったからだ。

「やあッ！」

そして夏の手の内で、竹刀が躍った。

小手から面を攻め、これを竹刀で払われると、右に回り込みながら竜蔵の左胴を狙う。

竜蔵は落ち着いて、これを竹刀で捌くと、尚も面に返さんとする夏の懐に入り、鍔迫り合に持ち込んだ。

たちまち稽古場に緊張が漲《みなぎ》る。

下手に動けば、相手の引き技を食らうのは互いにわかる。面鉄越しに見合って、呼吸を探る。

夏の顔が紅潮するのがはっきりとわかった。恥じらいではない。これほどの相手と竹刀を交える喜びが、体の底から沸き上がるのだ。

――何と美しい。

防具を着けていたとて、命がけで戦うことに変わりはない。その仕合中に夏に女の美しさを覚えるなどとは甚だ不謹慎であろうか。

だが、剣と剣のぶつかり合いの中で覚える緊迫は、互いに相手の強さを認めれば、時に陶酔と変ずる。

竜蔵の目に、戦う夏は摩利支天《まりしてん》の化身のごとく映ったのである。

引き技は互いに出せなかった。

打つには隙《すき》が見つからぬ。

二人は同時にぱッと後ろに引いて間合を切った。

そこからは膠着《こうちゃく》した。

竜蔵にじっと構えられては、さすがの夏も攻められなかった。竹刀と竹刀の間合の空《くう》に、恐ろしい魔物が潜んでいるようで、容易に動けなかったのだ。

——竜蔵殿、何とお強い。

やがて畏敬《いけい》の念が沸き上がり、このままではいかぬと、夏は吸い込まれるように、

「えいッ！　やあッ！」

遂に上下左右に竹刀を揮い、竜蔵の間合を崩さんとあがいたが、気がつけば面の突き垂に、ぴたりと竜蔵の竹刀の先革が付けられていた。

竜蔵がどう動いたか、まったくわからぬままに負けていたのである。

「参りました……」

夏は、さばさばとして負けを認めた。

竜蔵は、にこりと笑って防具を外し、夏にもそれを勧めた。

「ありがとうございました……」

夏は面を外すと、頭を垂れた。

庄太夫、新吾、雷太、幸之助の四人は、この仕合をそっと稽古場の端から見ていたが、女とは思えぬ素晴らしい立合の腕前に何度も頷き感じ入っていた。

そして、珍しく中庭から仕合を覗き見ていた綾が、大きな息を吐いた。

竜蔵と夏は、稽古場で向かい合っていた。

「今の仕合は、おれの勝ちだ……。だが夏殿、思い違いをしないでもらいたい。確かに新田先生から、後々のことを託されたが、まだ返事をしたわけではない。そして今の気持ちは、先生のこれからの御健勝を祈り、先生の許で夏殿がさらなる上達を遂げ、何憚《はば》かることなく、新田道場を継がれる……。それが、何よりだと思うてござる」

竜蔵は、ゆったりと諭すように言った。

夏は、安堵《あんど》の笑みを浮かべた。

「峡先生の目から見て、わたくしの技はまだこの先、見込みがあると……」

「見込みどころではない。この先のことを思うと恐ろしゅうなる」

「女が道場を受け継げるものでしょうか」

「夏殿次第だと……」

「わたくし次第……」

「できぬと思えば、それだけのことだが、この峡竜蔵は、力をお貸しいたそう」

「父への御返答は何となされます」

「うだうだと言って、先送りにいたそう。その間に、夏殿はさらなる剣の高みに手が届くよう精進召されよ。またお相手を仕ろう」

「忝うござりまする」

「よい立合であった……」

「またお相手を願います。いつかきっと勝ってみせますゆえ」

いつか口を尖らせて言った言葉を告げて、夏の表情がますます冴えわたる。

「いつでも参られよ。まずその刻まで、さらば……」

「さらばにござりまする！」

夏は、稽古場から下がると、身仕度を整え綾との再会もそこそこに、慌しく道場から立ち去った。

どこからか若葉の香りが漂いきて、竜蔵の鼻腔《びこう》をくすぐっていた。

道場の木戸門まで見送った竜蔵は、夏の想いを知って肩の荷が下りた安堵に包まれた。

しかし、どうも切なさに心が揺れている。

綾は、門前まで見送りにこなかった。

今日の夏は、少女の頃の昔馴染ではなく、夫と同じ剣客として道場へ来ていた。

そこへ女の自分が割って入るのは、はしたないことと思ったのだ。

しかし、綾は竜蔵の新田道場への想いは、既に聞いて知っていた。

竜蔵は、剣客の妻としての分をわきまえた綾の態度に、武家の女の凄みを覚えた。

そして、夏のこれからの人生と共に、そのような妻の振舞が何やら気にかかって仕方がなかった。

いつもと変わらぬ夕べが訪れ、綾と息子・鹿之助との夕餉《ゆうげ》を済ませ、夜の日課の書見に刻を過ごしても、竜蔵は落ち着かなかった。

夏との仕合。鍔競り合で目と目を交わした時の緊迫。それが、甘美な陶酔となって体の内を駆け巡るのだ。

自分に近しい女は、総じて妹分と捉えてきた竜蔵であるが、思えば夏だけはそうでなかったのかもしれぬ。

大人になるにつれて、夏の剣技は驚くほど上達していた。そして、長らく立合わないまま今日となった。

互いのわくわくする想いは、竜蔵と夏だけが知る感情で、他の誰もが立ち入れないところにあるものだ。

竜蔵は、過日の再会、今日の仕合に臨んで、確かに夏を妹分とは見ていなかった。

竜は竜として、虎は虎として認め合うのであるとすれば、竜蔵は剣というひとつの天上の世界で、夏を慈しんでいたのだ。

――綾は、おれの心を読んでいたのか。

とすれば、はしたないと思って竜蔵と夏の剣客同士の交流に立ち入るのを控えつつ、綾は心に鬼を抱えていたのかもしれない。板橋に向かう折、竜蔵を送り出す綾の表情がどこか強張っていたのは、それゆえであったかと、今となって思われる。

新田道場は、まだ破乱含みである。

剣の胸騒ぎか、恋の予感か――。

竜蔵の胸の鼓動は高鳴り、止《や》むことを知らなかった。

第四話　師範

一

「そうか……。そんなことだと思うていたが、もう我慢がならぬ……」

吐き捨てるように菅沼仁八郎は言った。

彼の前には、直心影流・新田玄道門下での相弟子・作田哲次郎《さくたてつじろう》がいて、しかつめらしい顔をしている。

玄道から、素行の悪さを叱責《しっせき》され、新田道場の後継者から外されようとしている仁八郎であるが、彼の強さを慕い、気脈を通じる者もいた。

作田がそれで、この門人は玄道の動きをそっと見張り、仁八郎に告げていたのである。

「先生は、菅沼殿を放逐《ほうちく》して、道場を峡竜蔵に託そうとされていたようですが、色よい返事はもらえていないようでござる」

それを報《しら》され、仁八郎は大いに憤《いきどお》ったのであるが、直心影流随一の暴れ者である峡竜蔵が、新田道場を預かることに後ろ向きであると知り、いささか安堵《あんど》を感じてもいた。

剣技にかけては、飛ぶ鳥を落す勢いで、負け知らずの仁八郎であるから、

「峡竜蔵、なにするものぞ」

という想《おも》いはあるが、何かとお節介で思わぬ人脈を築いている竜蔵が絡んでくると、面倒なことになる。それは今、避けたかったのだ。

自分を新田道場の後継から外すならそれもよし。

板橋の小さな道場を受け継いだとて、何ほどのことはない。

しかし、仁八郎は直心影流にこだわりを持っていた。

江戸において、直心影流は剣術の主流を歩んでいる。

由緒正しき歴史の中で、色々な派が生まれているが、仁八郎は新田派から独立した菅沼派を立ち上げ、流派最強の道場を仕立てるのが夢であった。

菅沼仁八郎は、八王子の裕福な郷士の次男として生まれた。

子供の頃《ころ》から剣術に打ち込み、諸流に学び神童《しんどう》と謳《うた》われたが、いつまでも田舎剣法の遣い手でいても仕方がない。

勇躍江戸に出て、見つけたのが新田玄道の道場であった。

流派は直心影流で、仁八郎好みの荒々しき実戦向きの剣術を、師範の玄道は目指している。そして、底知れぬ強さを秘めていた。

正しく仁八郎の求めていた道場であった。

彼の剣の筋のよさは、誰に学べば自分の力が伸びるかを瞬時に悟るところにもある。

玄道は、そういう仁八郎に非凡な才を見つけ、指南に力を入れた。

仁八郎はひたすら修行に励んだ。みるみるうちに、自分の剣が強くなる手応《てごた》えを摑《つか》んだからだ。

玄道は、方々の稽古場《けいこば》へ出稽古をしていたが、滅多に仁八郎を連れて行かなかったし、仁八郎自身もそれをよしとしていた。

玄道にしてみれば、負けず嫌いで他人の才を認めようとしない仁八郎を、他所《よそ》の稽古に参加させるのは控えた方がよいと判断したのであろう。

そして仁八郎は、負けず嫌いで他人の才を認めたくないからこそ、自分自身が納得のいく強さに達していない間は、新田道場の外へは出たくなかったのである。

意味合は違えど、初めの間師弟の意思は一致していた。

だが、やがて三十になろうという頃から、仁八郎は己《おの》が剣に対して、確かな手応えを覚え始めた。

こうなると、狭い巣を出て大空にはばたいてみたいと思うのは自然の成行であった。

仁八郎は、己が腕試しをしたいと、しきりに玄道に願うようになった。

仁八郎の強さを外で試してみたいのは、本来師である玄道も同じ想いである。

心配ではあったが、仁八郎を腐らせてしまってはなるまいと、三度に一度は供に連れ、先方の剣士と立合わせてみた。

仁八郎は、果して圧倒的な強さをみせた。

大名、旗本家では、それなりの礼節と、相手よりも格上の錬達者であるという余裕を持つことで、群がる剣士達を軽くあしらった。

しかし、直心影流の他道場では、三十前後の実力派の門人達と対する時、仁八郎はむきになった。

とにかく、相手を完膚《かんぷ》なきまでに打ち倒すことに我を忘れたのである。

もう二度と菅沼仁八郎とは立合いたくない。一様にそんな気持ちにさせてやらないと、気がすまぬのだ。

それが積み重なって、自分がこの流派の現役世代で天下を取れる。強ければ強いなりの批判も受けようが、それはすべて負け惜しみとなる。

そのような見苦しい者の声には、耳を傾けずともよいであろう。そう思うようになった。

実際に、仁八郎の強さに感じ入る者があっても、見苦しい批判をする者はなかった。

――見よ。やがて直心影流はおれの天下となろう。

仁八郎は、ますます自信を深めた。

しかし、師の玄道は、

「お前の強さは本物となった。それがわかれば文句はあるまい。この後は、わしの許《もと》で磨きをかけるがよい」

そう言って、ぱったりと外へは連れていかぬようになった。

新田道場へ稽古に来る他道場の門人にも、稽古をつけてやるよう命じられるものの、これらは皆歯応えのない者ばかりで、己が剣を誇れる満足を得られなかった。

この二年は、師範代となり、新田道場一の遣い手であると認められ、やがて道場を受け継ぐことも玄道より示唆《しさ》され、とりあえず面目は保った。

それでも仁八郎は、板橋という片田舎の剣術師範で終るつもりはなかった。

自分が道場を受け継ぐとすれば、道場を江戸の町中に移し、華々しく剣客として脚光を浴びたかった。

そのためには、藤川、長沼、赤石、団野といった、直心影流の本流を受け継ぐ道場の名剣士達を力でねじ伏せる必要がある。

新田派は、武骨一辺倒で地味な存在であるから目立たない。

だが、それゆえに各道場の俊英を一人ずつ倒せば、

「あのような者が、新田先生のところにいたのか」

と、かえって目立つことが出来よう。

江戸の洗練された剣術道場では、菅沼仁八郎の荒々しい剣は認められなかったであろう。

強くなる前に、師範達は指南を投げ出していたに違いない。

仁八郎はそのような計算を巧みに働かせて、玄道の門を叩いた。玄道なら、己が才を荒削りながらもおもしろい逸材だと、手塩にかけてくれると見てとったのだ。

獅子《しし》や虎《とら》も、子の時はかわいく愛らしいものだ。しかし、大人に成長させると飼い主でも手に負えない猛獣と化す。

玄道はそれを承知で、いかなる猛獣と化すか見てみたくて、仁八郎を凄腕《すごうで》の剣士に育てたのであろう。

そして彼は、手に負えない猛獣となった。

玄道は、何とか調教しようとして、

「仁八郎。お前の技はもうわしを越えたかもしれぬ。じゃが、ただ剣が強いだけでは、この先きっと大きな壁にぶつかろう。剣客は強さに加えて、人としての重みが身につかねば、一時は目立ったとしても、やがて無惨な末路を辿《たど》るは必定。これからはわしがよいと言うまで、師範代として自分よりも弱い者を相手に己が剣を見つめ直し、まず書をひもとき剣の奥義を深めるがよい」

そう言って仁八郎を窘《たしな》めたのであるが、

――新田先生だけは、そんな寺の坊主が言うような戯言《たわごと》は口にしないと思っていた。体だけではなく、心にも落ち着きを見せねばなるまいなどと諭すのは、その辺りにいるくだらぬ師範と同じではないか。

仁八郎は、もう自分は弱輩者ではないと反発し、師を裏切り始めた。

密《ひそ》かに他道場へ行き、門人達を挑発し、仕合や立合に臨むようになったのだ。

そうして極付は、団野道場での男谷精一郎との乱暴な素面での立合である。

これによって、仁八郎は郷里の八王子へ戻され謹慎をするよう命じられた。

仁八郎は黙って従ったが、ここでも師をないがしろにしていた。

八王子には一度顔を見せに戻ったものの、またすぐに取って返し、千駄《せんだ》ヶ谷《や》の旗本屋敷に身を寄せたのである。

旗本は寄合席三千石の郷原七十郎《さとはらしちじゅうろう》という。

武芸好きの七十郎は町の盛り場において、あっという間に不良浪人三人を地に這《は》わせた仁八郎を見かけて興をそそられ、武芸場に連れ帰り腕を試した。

「これは大したものだ……」

七十郎は、仁八郎の卓抜した強さを見てほくそ笑んだ。近く公儀に武芸修練所なるものが開設されるという話が、まことしやかに囁《ささや》かれていたからだ。

そこへ、この菅沼仁八郎を師範の一人として送り込むことが出来れば、無役の郷原家も役付きになるやもしれぬ。

「おぬしの後盾になってやるゆえ、まず思うがままに剣名を上げるがよい」

七十郎はそのように、仁八郎に告げたのであった。

無役とはいえ、郷原家は三千石の名族である。後盾に出来るのは、仁八郎にとっては夢のような話であった。

かくなる上は、八王子に戻ったことにして、ここで己が腕前を殿様に見せつけ、その後の新田玄道の出方を探ってみようと思い立ったのである。

新田道場で主に使者の役目を務めているのが作田哲次郎である。

作田もまた計算高い男で、日頃は実直な門人を装っているが、郷原家が後盾になったことを報され、すっかりと仁八郎に飼い慣らされていた。

多摩の百姓の出で、三十五歳の作田にとっては、己が将来の夢を菅沼仁八郎の立身に見たのであろう。

そしてこの日も、郷原邸に身を寄せている仁八郎に、そっと会いに来ていたのだ。

「ふん、あのお転婆《てんば》が、おれの代わりに師範代を務めているとは笑わせる。女に稽古をつけてもらい喜んでいるとは、どいつもこいつも情けない……」

仁八郎は、自分を認めようとしない、玄道の娘・夏を、日頃から憎んでいた。ひとしきりこき下ろすと、

「新田玄道も愚かよのう。おれをここまで仕込んだのだ。寺の和尚《おしょう》のような説教をする暇があれば、この菅沼仁八郎を押し出して、世に出ればよいものを」

「まったくでござる。先生は菅沼先生を破門になさるおつもりかもしれませぬぞ」

憤る仁八郎に、作田が追従しつつ煽《あお》る。

「破門だと？　できるものならすればよいのだ。だが、おれもこのままでは黙っておらぬぞ。直心影流……。いっそ、流儀の殻《から》を脱ぎ捨てて、どいつもこいつも片っ端から叩《たた》き伏せるというのはどうだ。その方が、剣名を響かせるには手っとり早いかもし

れぬぞ」

不敵に笑う仁八郎の目には、狂気が漂っている――。

二

夏が近づいている。

日ごと陽光の鋭さは増し、剣をとる者達の気を高ぶらせる。

これからが剣術稽古の正念場である。一夏が過ぎた時、どれだけ己が腕前が上達しているか、それが肝心なのだ。

四十二歳になった峡竜蔵とて、夏の気配には未《いま》だに鋭く反応してしまう。その習性は一生変わらぬようだ。

だが、今年は、もうひとつの〝夏〟が、竜蔵の心の内を騒がせていた。

新田夏が峡道場を訪れ、竜蔵に仕合を望んだ二日後に、今度は彼女の父・新田玄道がやって来た。

竜蔵は、自室に請じ入れ丁重にもてなすと、

「ははは、亀沢町に訪ねたり、三田に訪ねたりと、先生も随分とお忙しゅうございますな」

楽しそうに笑ってみせた。

「うむ、ほんに左様じゃな。亀沢町には弟子が迷惑をかけたが、こちらには、娘が迷惑をかけたようじゃ」

玄道は、竜蔵の笑顔に誘われるように頰笑《ほほえ》んだ。

「思えば、わしの方から、もう少し早《はよ》うに竜蔵殿をお訪ねすればよかった」

「そうでござりまするぞ。〝己が剣がしっかりと固まるまでは、板橋へ来るな〟などと言われた方は、なかなかお訪ねしにくうござりますゆえに」

「かえすがえす、くだらぬことを申してしもうた」

二人は、ほのぼのと笑い合った。

「いや真に、娘の不調法をお許しくだされ」

玄道は、ゆっくりと頭を下げた。

「いや、とんでもないことでござりまする。先だって板橋では、夏殿と共に稽古ができませなんだゆえ、この度は楽しゅうござりました」

「そう言うてくだされるとありがたいが、板橋には関《かか》わるな、手を引けと言わんばかりの無礼でござった」

「それだけ、板橋の稽古場に対する想いが強いということでしょう」

竜蔵はこともなげに言った。

しかし、心の奥底では、

——板橋の稽古場については方便で、実は自分と立合いたいがために、訪ねて来たのではなかったか。

その想いに充《み》ちていた。

鍔迫《つばぜ》り合《あい》の折に、面鉄越しに見た夏の目。

生き生きとしつつ、憂いが含まれていて、詰《なじ》るような、訴えるような……。

今もどう解釈してよいかは確《しか》とせぬが、とにかく竜蔵と竹刀を交じえたかったのは、事実であろう。

そして玄道もまた、

——娘の気まぐれに付合わせてしもうたのではないか。

それが気になっているのかもしれなかった。

ふと振り返れば、嫁にも行かず、父であり剣の師である父に寄り添い生きてきた娘に、何をしてやることが出来たのであろう。そんな玄道の夏への想いが透けて見えるようで、竜蔵は胸が熱くなった。

「この暴れ者めが、少し見ぬ間に強うなりよったな！」

かつてはよく力強い声をかけてくれた厳しい剣客の、人としての一面が浮き出ている。

新田玄道も老いたのか——。

竜蔵は、やがて自分にも忍び寄るであろう〝老い〟をまのあたりにしたようで、胸が締めつけられる想いがした。

「夏殿は、何と申されていたのでしょう？」

「竜蔵殿には、やはり歯が立たなんだと」

「板橋のことは？」

「わしが息災な間に、まだまだ剣の高みを目指し、己が手で板橋の稽古場を守りたいと」

「はい。わたしもそれが何よりだと思うております」

「はて、それはどうであろうか」

「夏殿にその気があるならば、叶《かな》わぬことはござりますまい」

「忝《かたじけな》し」

「して、夏殿は今……？」

「しばらくの間、下谷の長者町に行かせることといたした」

「左様にございますか。それもまたよろしかろう」

下谷長者町には、竜蔵の亡師・藤川弥司郎右衛門が遺した道場がある。

門人三千人と言われた道場は、現在弥司郎右衛門の孫・弥八郎《やはちろう》が跡を継いでいる。

弟の鵬八郎《ほうはちろう》も名人の誕生を予感させる才を受け継いでいて、再びの隆盛を迎えている。

弥司郎右衛門の内弟子として、ここで暮らした竜蔵にとっては因縁の深いところであり、毎月一度は欠かさず出稽古に赴いている。

ここに預けるのはよいが、

「但し、女中として奉公するように命じておりましてのう」

と、玄道は言う。

「女中奉公を？　それはまた厳しゅうございまするな」

竜蔵は嘆息した。

夏は三十を過ぎていて、剣技は藤川道場にあっても師範代が務まるほどのものであろう。

それが、稽古も出来ず、女中奉公に徹するのはさぞ辛《つら》かろうと思われる。

「これくらいいたさねば、罰になりませぬゆえに」

玄道はにこやかに言った。

「夏は、あれこれあって気が立っておりまする。こういう時は、じっくりと人の稽古を見て、目から極意を得るのもよろしかろう」

「なるほど……」

道場を継がんとするならば、一流の稽古場の動きを覚えることも大事だと、玄道は言いたいのであろう。

「その罰もまた、先生の親心というものでございまするな。わたしも一度、長者町へ行ってみましょう……」

竜蔵は、さらりと言った。

こういう時は、いつもの竜蔵らしく笑いとばして、

「いざとなれば、いつでもお力添えをいたしまするぞ」

という姿勢を示すのが何よりだ。

「そうしてやってくださるかな」

玄道は、少しはにかみつつ、竜蔵に頷《うなず》きかけると、この日は峡道場の稽古を見ることもなくそそくさと帰っていった。

「早々と、お出になられたのでございますねえ……」

見送った後、綾が首を傾《かし》げながら言った。

竜蔵が玄道を自室に請じ入れた時に、綾は竹中雷太に茶菓を出させて、挨拶《あいさつ》に出たが、その折は、

「いや、綾殿、真に久しゅうござるな。律々《りり》しき御新造《ごしんぞ》ぶり。祝着に存ずる」

玄道は、嬉《うれ》しそうに綾を見て何度も頷いた後、

「同じように娘を持つ身ながら、何ゆえわしは、夏を綾殿のように育てられなんだのであろうのう」

呟《つぶや》くように言ったものだ。

その時の玄道の表情は、哀切を帯びたもので、

「これは、おからかいを……」

綾は、笑って受け流すしか、応えようがなかった。

懐かしき客人ではあるが、竜蔵に大事な話があるのだろうと、綾は話もそこそこにその場から下がり、玄道が帰る折も、ろくに言葉も交わせぬままに別れてしまっていた。

綾にはそれが何やら寂しかったのだ。

「そなたを見て、心底羨《うらや》ましかったのであろうよ」

竜蔵は溜息《ためいき》交じりに言った。

「わたくしが羨ましい？　夏さんはあれだけの武芸者に育ったのですよ」

「それだけ、気にかかることも多いのだよ。剣に生きる者は、明日をも知れぬのが身の定めだ。己が娘の明日が知れぬのだぞ。これはなかなかに厳しい……」

「そもそも新田先生は、娘を峡竜蔵の妻にして、何もかも託してしまいたかったのでしょうねえ」

綾は小さく笑ったが、その目は悪戯《いたずら》っぽく竜蔵を見ていた。

「ははは、あの夏殿は、綾のように自分を押し殺してまで、夫のために尽くせるような女ではない。それを先生は誰よりもわかっておいでだよ」

竜蔵は、ここでも笑いとばしたが、内心ではどきりとしていた。

竜蔵が夏に対して、自分にはない女の魅力を覚えているのではないかと、綾に見透かされているような気がしたからだ。

そして恐らく玄道は、綾にそのような風情を見てとったのであろう。

綾を羨ましがる想いが、竜蔵と綾に微妙な隙間《すきま》を作ってしまってはいかぬと、話もそこそこに峡道場を後にしたのだ。

玄道が夏を藤川道場へ預け、女中奉公をさせたのも、竜蔵への非礼の罰だとしているが、それは娘の身を案じてのことに違いない。

うか。

玄道は、その間に菅沼仁八郎との決着をつけねばならぬと考えているのではなかろうか。

いつまでも、仁八郎を八王子に帰らせたままではいけない。呼び出した上で、しかるべき処分をしなければならないのだ。

その折に、道場に夏はいない方がよい。

師をないがしろにし始めている仁八郎である。どのような態度をとるかしれたものではない。

玄道は、そこでの衝突を避けたのだ。

新田道場内における始末のことである。

他人がどうこう言う謂《いわ》れはない。ただ黙って成行を見守るしかないのだが、竜蔵は言いようのない胸騒ぎを覚えていた。

いつになく娘を思う自分を隠そうとせず、終始笑顔を浮かべていた玄道の様子が、瞼《まぶた》の裏に焼き付いて頭から離れなかったのである。

三

峡竜蔵の胸を覆《おお》う靄《もや》は、やがて嵐《あらし》となって吹き荒れた。

新田玄道の訪問を受けた、五日後のことであった。

板橋の新田道場から、天根《あまね》槌太郎《つちたろう》という門人が、竜蔵に信じ難い事実を報せてきた。

血相を変え、息せき切って駆けてきた天根は、しばしの間、

「新田先生が……」

呆然《ぼうぜん》として、その言葉を繰り返した。

天根は、五日前に玄道の供をして峡道場へ来ていた。なかなかに実直な男で玄道からの信頼も厚く、竜蔵は心付を渡したりして、すっかりと馴染《なじ》んでいたので、

「何だと？　天根！　新田先生がいったいどうなされたというのだ！」

摑みかからんばかりに問うたものだ。

「無茶な立合を……」

天根は興奮に言葉が出ない。

「無茶な立合だと……」

竜蔵の胸に閃《ひらめ》くものがあった。

「まさか、その相手は……」

「菅沼仁八郎にござりまする……」

峡道場を訪ねた後。新田玄道は、門人の作田哲次郎を呼び出し、

「八王子へ行き、仁八郎に戻ってくるよう伝えてくれ」

と、命じた。

作田は謹《つつし》んでこれを受け、すぐに八王子へ旅立った。

しかし、菅沼仁八郎はその日のうちに板橋の道場に現れた。

「そろそろお呼びかと思い、帰って参りましたところ、作田哲次郎と出会いましてございまする」

仁八郎は、そのようにうそぶいたが、既に八王子の実家からは出ていて、江戸のどこかに潜んでいたに違いない。また、この作田もそれを知っていたものと思われる。

如才のないところを買って、使者の役目はいつも作田にさせてきたが、その如才なさを生かして、こ奴は仁八郎の手の内に入り込んでいたのだと、玄道は察した。

仁八郎と共に道場へ来た作田は青ざめていた。

八王子から戻って来た様子を取り繕って、二日ほど間を置いてくれると思っていたのだが、仁八郎は、

「そんなまどろこしいことをしていられるか。来いというなら、今すぐに行った方がよいであろう」

そう言って、千駄ヶ谷の郷原邸を出て、そのまま新田道場へと出て来たからだ。

仁八郎は、もうこの時点で、玄道とは決別するつもりでいた。そして作田にも、

「おぬしもおれに付くなら、ここではっきりとさせておけ」

と、二股膏薬《ふたまたごうやく》を許さず、供に連れてきたのである。

「左様か……」

不敵な仁八郎の様子を見ると、玄道は大きな溜息をついた。

もしかすると、謹慎をさせている間に、少しは心の成長があったかもしれない。

板橋の稽古場に再び現れた時は、

「わたしが間違《まちご》うておりました……」

そこまで殊勝な言葉は言わずとも、

「先生、改めてお願い申します。わたしを誰にも引けはとらぬ剣客に、育ててくださりませ」

くらいのことは言うのではないか。

それならば、他所の道場での腕試しをまったく封ずるのではなく、自分の目の届くところへ時には連れて行って、稽古の成果を確かめてやろう。

稽古場をどうあっても板橋におかねばならぬこともない。

色々な世の中の仕組を肌で覚えるようになった時。仁八郎の意思をもって新たに開けばよい。

新田道場の名を残す必要はないが、神道無念流《しんとうむねん》の岡田十松《おかだじゅうまつ》が、己が道場に〝撃剣館《げきけんかん》〟と名付けたように、これという名を付けてくれれば、そこに新田玄道の軌跡も刻まれよう。

菅沼仁八郎が、万事師に預けると言うならば、仁八郎が満足のいく形で道場を譲り、名高き剣客として世に出してやるつもりであった。

その時こそ、娘・夏は、藤川道場から呼び戻した後に、本人が何と言おうがいずれかの大家の奥向きに、〝別式女《べつしきめ》〟として勤めさせるのだ。

玄道は、側近の天根槌太郎には、珍しくそのような趣旨を漏らしていたという。

しかし、そうはいかなかった。

菅沼仁八郎は、初めから師をないがしろにしていた。

「先生、正直に申しますと、わたしは一旦《いったん》八王子に戻った後、思うところあって、江戸のさる御旗本の許に身を寄せてござりました」

仁八郎は、作田とは偶然に出会ったなどとうそぶいた後、しゃあしゃあと語り始めた。

「その殿様は、御大身で、わたしの後盾になってくださるとのことにござりまする」

どこまでも仁八郎のその態度は驕《おご》ったものであった。

「よろしければ、先生をお引き合せした上で、この道場をさらに大きなものにしてさし上げとうござりまするが……」

下らぬ野望を自慢げに語る様子は稚拙《ちせつ》で、玄道が育てんとした剣士の理想とはかけ離れていた。

とんでもない化け物を作ってしまった――。

玄道の悲嘆は大きかった。

「道場をさらに大きなものにする？　どのようにするつもりなのじゃ」

厳しい表情を崩さず、詰問《きつもん》すると、仁八郎はそれが不満なのか、

「知れたことでござる」

尊大な態度で、玄道に向き直ると、

「まず、直心影流の主な道場に仕合を申し込み、流派の中で誰が強いかを確かなものにいたしとうござる」

「大したものよのう」

「よい方策でござりましょう」

「どこまでも思い違いの甚しい男じゃと申しておる」

「何と……」

「お前は、誰にも負けぬと思うているような」

「負ける気はいたしませぬ」

「また、男谷精一郎に立合を求めたように、素面でするつもりか」

「相手を叩き伏せるには、それが何よりかと」

「心得た師範は、お前の相手など弟子にはさせぬ」

「断るならば、その場でわたしの勝ちが決まったというもの」

「相手は尻尾《しっぽ》を巻いて逃げたと吹聴するか」

「断るのは恥辱と思わせてやりましょう」

「どこまでもたわけた奴よ……」

玄道は落胆を禁じえず、ぐっと奥歯を嚙《か》み締めた。

「たわけた奴……。その御師匠は、どなたでござるかな」

玄道の想いなど知る由もなく、仁八郎は嘲笑《あざわら》う。

「無礼であろう！」

天根槌太郎と、数人の弟子達が気色ばんだ。

それが玄道を決意させた。

——夏がおらずに、ほんによかった。

玄道は、すっくと立ち上がり、稽古場に座す仁八郎の前に立った。

「ならば、師匠として稽古をつけてやろう」

「稽古を？」

「お前は何を言ったとて、道場荒しをするつもりであろう。ならばその前に餞《はなむけ》として立合うてやる」

老いたりとはいえ、直心影流において誰からも一目置かれた新田玄道である。気迫が込もった目差《まなざし》を向けられると、仁八郎もさすがに気圧《けお》されたが、

「それは、ありがたき幸せに存じまする」

ここが勝負と立ち上がった。

元より、今日で師とは決別すると思っていた仁八郎であった。

どうせ師は、仁八郎が他所の道場に乗り込むことを許さぬであろう。

——ならば師の屍《しかばね》を乗り越えてでも我が道を行く。

と、決意を秘めていたのだ。

玄道は、このような化け物を造ってしまったのであれば、これを我が手で潰《つぶ》さねば

ならぬと決意を固めた。

　かつて戦国の世では、師弟が真剣勝負に臨んだ例もある。

「よし、ならば参ろう」

「いや、防具は無用じゃ」

「素面にて……」

「なんと……」

　その場に居合せた門人達は、色めき立った。

　たとえ竹刀で立合ったとて、この二人の腕を考えれば、いずれかが命を落すかもしれぬのだ。

「先生！　それはお止《や》めくださりませ」

　天根は叫んだが、玄道はゆっくりと首を横に振って、

「これは仁八郎への餞じゃ。素面の立合くらいでは少な過ぎる。そうであろうが、仁八郎……」

　他所の道場を荒すなどと企《たくら》むのならば、いつ真剣勝負を申し込まれ、生死の境を歩まねばならぬやもしれぬ。まずここで覚悟を見せろと玄道は竹刀をとったのである。

　仁八郎は、自分と刺し違えてでも、弟子の勝手は許さぬという、新田玄道の凄《すご》みを

覚えたが、今の玄道になら勝てる自信はあった。

このところは、玄道も胸に病を抱えていた。

勝負が長引けば、息が続かぬのを仁八郎は見抜いていたのだ。

「これは真にありがたき餞にござりまする」

仁八郎は恭《うやうや》しく受けた。

門人達は再び騒ぎ立てたが、二人の立合を止めることは誰にも出来なかった。

「参るぞ……」

「いざ！」

息詰まる剣気が辺りを覆った。

仁八郎とて、棒切れを手に盛り場で不良浪人共を叩きのめしてやったことは何度もある。実戦は積んでいるのだ。防具など着けずとも恐くはない。

しかし、思った以上に玄道の姿が、仁八郎には大きく見えた。

玄道は息が長く続かない。ゆったりと構え、勝機を捉《とら》えて一撃で決めるつもりである。

つまりその一撃を食らえば、命はなかろう。

これはもう真剣勝負である。

——とはいえ、竹刀に刃《やいば》は付いておらぬ。

仁八郎は、肉弾戦なら勝ちは自分にあると踏んで度胸を決めた。

「え〜いッ！」

ぐっと間合に押し入り、そのまま重い打ちで玄道の竹刀を払いながら、容赦のない突きを入れた。

それを玄道が、竹刀で打ち払いながら右へとかわす。その刹那《せつな》浮き上がった小手を下から狙《ねら》わんと、仁八郎が、すくうように手首を返して打つ。玄道はそれを読んで、右手を柄《つか》から外し、左手一本で竹刀を上段に構え、さっと右手を柄に添えた。

目の覚めるような攻防であった。

玄道は皮肉な笑みを浮かべていた。

——よくぞここまで技量を高めた。

不肖の弟子ながら、仁八郎の腕を認めたのだ。

一方、仁八郎には、そんな余裕はなかった。

生死の境目にいながらにして打ち合うこの一時が、あまりにも重苦しくて、立ちはだかる玄道の姿が幽鬼《ゆうき》に見えた。

「えい！　やあッ！」

この鬼を倒さねばならない。恐怖を振り払うには、ひたすら技を繰り出すしかない。

――そうだ。竹刀に刃は付いていないのだ。

仁八郎は、上下左右に技を打ち分け、決死の覚悟で間合を詰めた。

「うむ……」

玄道の息が上がった。

「それッ！」

仁八郎は、玄道の左胴を捉えた。

同時に玄道の一刀が、彼の左肩を打っていた。

稽古場の内は、水を打ったような静寂に包まれた。

しばし両者は動かなかった。

「仁八郎……。見事であった。じゃが、老いぼれたこの玄道より強い者は幾人もいよう。思い止《とど》まるがよい……」

やがて玄道は口を開いたが、言葉と共に血を吐いて、その場にがくりと膝《ひざ》をついた。

「先生！」

門人達が駆け寄る中、仁八郎は左の肩をさすりつつ、軽く一礼をすると、稽古場から立ち去った。

慌てて後を、作田が追いかけた。

その途端、新田玄道は床に崩れ落ちたのだという。

四

峡竜蔵は取るものも取りあえず、竹中雷太を供に板橋へと向かった。

新田玄道は、そのまま自室へ運ばれたが、意識は朦朧《もうろう》としていたという。

――生きていてくだされ。

竜蔵は天に祈った。

門人達を一度は託された竜蔵である。不測の事態となった時。もう一度、己が意見を玄道に伝え、確かめておきたいこともあった。

しかし、新田道場に到着すると、無残にも既に玄道は息絶えていた。

弟子達に訊《き》くと、玄道はうわごとで、

「峡先生に、夏を頼むと……。面目もないが、頼むと……」

そのように言っていたという。

藤川道場へは遣いをやったので、間もなく夏も駆けつけようとのこと。

「左様か……」

竜蔵は悲しみを堪《こら》え、玄道の死顔に畏《かしこ》まった。そして、

「委細、承ってござるぞ」

と告げるや、慌しく立ち上がると、

「作田哲次郎の家はどこだ……」

天根に問うた。

「奴はまだ、己が身の振り方を決めあぐねているはずだ」

天根は神妙に頷いて、

「ご案内仕《つかまつ》りまする……」

すぐに竜蔵を巣鴨町《すがもまち》の真性寺《しんしょうじ》門前へと連れて行った。

その裏店《うらだな》に作田の浪宅があるらしい。

新田道場の門人達は、突然の師の死に戸惑うばかりで、方々への繋《つな》ぎと葬儀についての段取りに忙殺され、裏切り者の動向などに構っていられなかったのだが、

「先生、作田をどうなさるおつもりです?」

天根は露地木戸の前で、不安そうな表情を見せた。

竜蔵は小さく笑って、

「どうせそのうちわかることだが、菅沼仁八郎の居所だけは、すぐに知っておきたい

ゆえにな」

と、勝手知ったる家のように、長屋の住人達にはにこにこと接して、

「うちの者が世話になってすまぬな」

とばかりに入っていくと、作田は留守であった。

しかし、方々に乱雑に衣類などが置かれているところを見ると、一旦この長屋から出てどこかに身を隠す算段をしているのであろうか。

「よしよし、まだ出て行っておらぬな。天根、お前は好《い》い男だな。この先、きっと何かで身が立つだろうよ。おれも助けになるように考えておくよ」

竜蔵は実の籠《こも》った言葉を天根にかけて、彼を涙ぐませると、

「あれこれと忙しかろう。ここはおれに任せてひとまず道場へ戻るがいい」

とりあえず先に帰した。

騒動に際して人の心がいかに動くかを読みとるのが、竜蔵は巧みだ。

作田のような男は、変わり身が早い反面、菅沼仁八郎が師に瀕死《ひんし》の重傷を負わせたのを見ると、このまま仁八郎について行ってよいものか、ぐずぐずと思い悩むに違いない。

それが行動を鈍らせる。

もしや、玄道は死んだのではあるまいか。

遠くから道場の様子を眺め確かめている。そんなところではないかと、竜蔵は見ていたのだ。

すぐに戻ってこよう。

竜蔵は、家へ上がり込むと、寝ころんで作田の帰りを待った。

小半刻《こはんとき》（約三十分）も経《た》たぬうちに、作田は戻ってきて、竜蔵の姿に目を丸くした。

「な、なんだおぬしは……」

「おれか？　おれは三田二丁目の峡竜蔵だ」

「は、峡竜蔵……。あ、いや、これは御無礼をいたしました」

作田はその顔を思い出し、やはりあたふたとした。

「いや、人の家で寝ころがっているのはこっちの方だ。気を遣ってくれずともよい」

竜蔵は、起き上がると作田の肩を軽く叩いて頬笑んだ。

作田にとっては、その笑顔が何とも不気味であった。

「お前に訊きてえことがあるんだ」

「は、はい……」

「新田先生がお亡くなりになったそうだな」

作田は、今しもその事実を確かめてきたのであろう。そこへ峡竜蔵の訪《おとな》いである。顔面蒼白《がんめんそうはく》となり、かすかに体を震わせた。

「悲しいか……」

「は、はい、それはもう……」

「お前みてえな不心得者でも、師匠が死ねば身にこたえるか」

「わ、わたしはその……」

「何だっていいや。菅沼仁八郎は、誰のところに身を寄せているんだ」

「それは、その……」

「どうせわかることだ。言っちまいな。そこへ殴り込むつもりはさらさらねえが、こっちも知っておくにこしたことはねえからな」

「わたしも、実はよく……」

「知らねえとでも言うのかい？　おれが笑っている間に教えた方が身のためだぜ。え？　どうなんだよう！」

「千駄ヶ谷の御旗本・郷原様の御屋敷にござりまする」

竜蔵の怒声に、作田の口からぽろりとその言葉が出た。

「千駄ヶ谷の郷原様だな。新田先生は、自分の方から防具を着けずに立合うと仰せになったと聞いている。破門を告げられたわけでもないとなれば、菅沼はまだ直心影流の門人の一人だ。どこの誰に引っ付いて、何を企もうが勝手だが、このままではすまされぬのが、武芸者の定めだ。作田、お前も門人の端くれならわかるな」

「承知いたしておりまする」

「それでよし。お前は菅沼の腰ぎんちゃくのようだが、思いもかけぬところで、菅沼が背負うべき定めに巻き込まれぬように気をつけるんだな」

作田は震えあがった。

「作田。お前は多摩のお百姓の出と聞いているが、そこは好いところかい？」

「は、は、はい。長閑《のどか》で住みよい村でござりまする」

「そうかい。そんならそこへ帰りな。それがお前の身のためだ。誰もそこまでお前を追っかけ回しはしねえだろう」

「ご、御助言、忝《かたじけの》うござりまする」

作田はその場に崩れ落ちるかのように、がっくりと手をついた。

竜蔵は、じろりと作田を睨《にら》みつけると、長屋を出て、新田道場へと戻った。

道場には、少しずつ弔問の客が訪れ始めていた。

竜蔵は雷太を傍《そば》へ呼び、

「少しの間、三田には帰らぬと、綾と庄さんに伝えておくれ」

そのように告げると、それからさらに何やら耳打ちをした後、峡道場へ向かわせた。

やがて夏が姿を現した。藤川道場からは師範代の永光継之助《ながみつつぐのすけ》が付き添ってきた。

夏は、早々と駆けつけてくれた竜蔵に深々と頭《こうべ》を垂れると、驚くほどに落ち着いた様子で、玄道の亡骸《なきがら》を拝《おが》んだ。

下谷からの道中、継之助からくれぐれも早まったことはせぬようにと諭されたようだが、

「峡先生、ご迷惑ではありましょうが、少しの間だけで構いませんので、板橋にお留《とど》まりくださりませぬか」

と、訴えるような目を向けた。

板橋に留まって、自分に稽古をつけてくれと言いたいのであろう。

それは、父・玄道の仇《かたき》はいつか自分が必ず討ってみせるという、強い意志の表れに思えた。

「いずれにせよまだいるつもりにござるよ」

竜蔵が応えると、たちまち夏の表情が輝いた。

「稽古相手を仕ろう。だが、それはあくまでも、夏殿の気を落ち着けるための稽古で

ござるぞ」

竜蔵は、威儀《いぎ》を正して言った。

夏は小さく笑って、

「気は落ち着いておりまする。ただ、剣を揮《ふる》うに体が落ち着いてはおりませぬ。それを整えとうござりまする」

と、恭しく座礼をした。

今は、藤川道場から戻ったばかりで、武家の婦人の装である。より一層殊勝な様子に映っていた。

竜蔵の兄弟子で、竜蔵が憧《あこが》れたほどの豪剣の持ち主である継之助は、そっと二人のやり取りを眺めていたが、激情家の二人が意外や落ち着いていて、何とか冷静になろうと努めている様子にほっとしていた。

竜蔵は、菅沼仁八郎が千駄ヶ谷の郷原家に身を寄せているということを、夏に話さなかった。

知っていれば何かの折にはすぐに動くことが出来るので、作田を脅しがてら確かめたが、仁八郎がこの次に何かを仕掛けてくるまでは静観するべきだと思っていた。

玄道が死んだのは、新田道場内の事故である。

もちろん、師への礼節を欠いた仁八郎の仕儀は非難されるべきだが、下手に騒げば直心影流の汚点となる。

夏も父の仇を討ちたいであろうが、今は我慢の時なのだ。

いくら強くなったといっても、夏の今の技量で、仁八郎を倒せるかどうかは疑わしい。

夏は素直に竜蔵の戒《いましめ》を受け入れ礼を言うと、玄道の亡骸に無言で寄り添った。その間に継之助は竜蔵を捉え、

「竜蔵、夏殿のことは頼んだぞ。藤川道場で女中奉公をしていた折は、おぬしがいつ姿を見せるか。それを楽しみにしていたのだぞ」

囁くように言った。

五

三日が経った。

峡竜蔵は、約束通り新田道場に、天根槌太郎ほか数名の門人達と逗留《とうりゅう》していた。

この間、葬儀を行い、その合間に竜蔵は夏に稽古をつけた。

夏は直心影流の主だった師範達に、玄道は稽古中の事故で亡くなり、師範代の菅沼

仁八郎は、その責めを負って道場を去ったと告げた。竜蔵も弟子達も余計なことは言わなかった。

葬儀には団野源之進もやって来て、

「竜蔵殿、御苦労でござるな。何か大変なことが出来《しゅったい》いたさば、いつでも声をかけてくだされ」

竜蔵にはそのように告げたものだ。

稽古場の事故というのは菅沼仁八郎が引き起こした騒動によるものに違いないと、源之進は確信していたが、夏が言うことならば、ひとまずはそれで通せばよいのだと考えた。

赤石郡司兵衛、長沼正兵衛《しょうべえ》といった師範達も、不穏を覚えつつも、団野源之進の行動と見解に倣った。

この間、菅沼仁八郎は、まったく沈黙していて、師範達も新田道場内のことには口を出さずにおこうとした。

何と言っても、峡竜蔵が故・新田玄道と親しく、夏からも信頼されているようだから、彼に任せておけばよいと思ったのである。

赤石郡司兵衛などは、

「十年前の竜蔵ならば、何をしでかすかと見てはいられなんだが、奴《やつ》もちっとは、大人になったようじゃな」

と、感慨深げであった。

この日は、峡道場から師範代の神森新吾が、内田幸之助を伴い新田道場に訪ねてきた。二人は玄道の仏前に拝すると、稽古に加わったが、いずれも夏と立合った後に感嘆の声をあげた。

少しばかり竜蔵と稽古をしただけで、夏は多くを吸収していた。

「気の入れ方が違うようで……」

稽古を終えた後、新吾は竜蔵に講評を求められて、夏の集中力の高さに感じ入ったと応えた。

「うむ。確かにそうだ。それもまた天性のものかもしれぬ」

竜蔵は新吾の見方に満足をした。

新吾は、綾から託《ことづか》った竜蔵の着替えなどを、幸之助に運ばせると、さらに千駄ヶ谷に屋敷を構える郷原七十郎についての噂《うわさ》をそっと告げた。

竹中雷太を帰した時に、竜蔵が耳打ちしたのはこのことである。佐原信濃守の側用人・猫田犬之助に、竹中庄太夫から伺いを立てるよう伝えておいたのだ。

郷原家は無役ではあるが、三千石の名家で、当主・七十郎は己が屋敷内の武芸場に腕のある剣客を集め、公儀で開設が話し合われているという武芸修練所において、これを主導せんと目論《もくろ》んでいるという。

しかし、武芸に通じた旗本は数多《あまた》いる。その中で存在を誇示するには、何か目玉が要る。

その目玉に、菅沼仁八郎を持っていたいのであろう。

仁八郎が、直心影流の主だった剣士達を叩き潰し、〝剣技抜群〟の評判を得れば、これを後押しした郷原七十郎は、

「とんでもなく強い剣客を発掘する目利き」

と、称されるであろう。

そのように犬之助は把握しているのだ。

三千石でも無役では、家勢はままならぬ。

郷原家としても、少々荒っぽいことをしてでも、仁八郎を使って世に出たいのであろう。

「なるほど、こいつは陰で糸を引きそうだ。用心をした方がよいな」

竜蔵は口を引き結んだが、夏はというと、竜蔵の心配を他所に実に泰然自若として

いて、稽古に打ち込んでいた。

父の死を乗り越え、峡竜蔵と一時立合える幸せに浸りつつ、夏は新たな剣客としての夢を追いかけているように見えた。

「わたくしは、この先何を目指して修行を重ねればよいか、ここ数日でそれを見極めとうござりまする。それまで、どうぞご指南のほど、お願い申し上げます」

と、夏はひたすら稽古に励むのであった。

竜蔵は、新吾と幸之助に、

「引き続き、あれこれとよろしく頼むぜ」

と、片手拝みをして、この日は板橋の宿の旅籠《はたご》へ泊まるよう勧めた。

新吾は既に御家人・神森家の当主となったが、支配からは剣術修行と指南についてを許されているので、

「たまには、羽を伸ばすのもよかろうよ」

というところだが、

「いえ、わたし達もまた、あれこれと気にかかりますゆえ、またの機会に願いとうござりまする」

新吾の意思に幸之助も激しく同意し、二人は稽古を終えて竜蔵と半刻（約一時間）

ばかり話をすると、すぐにまた三田へと帰っていった。

夕刻となり、竜蔵は再び夏を相手に稽古をつけた。

竜蔵が繰りだす技を夏は器用に受け、巧みにかわした。

のけぞってかわした後、引いた足に力を込めて一気に打ち返すなど、夏しか出来ぬ技であった。

そのしなやかな動きは、時に竜蔵の目を楽しませ、また時には冷や汗をかかせるほどに、切れ味に磨きがかかってきた。

このような稽古相手に、竜蔵自身巡り合ったことはなかった。

自然と立合に力が入った。

新田玄道の死という暗い出来事を、一時忘れさせてくれるほどに、それは二人だけの楽しみとなっていた。

さらに三日が経った夕べの稽古で、防具の上からではあるが、竜蔵は遠間から身をよじるようにして打ち込んできた夏の一刀をよけきれず、まともに面をくらった。

「うむ！　参った！」

竜蔵は、爽《さわ》やかな声をあげて喜んだが、面鉄越しに見る夏の表情には、何やら言いようのない切なさが浮かんでいた。

「ありがとうございました。極意と言っては、甚だ畏《おそ》れ多うございますが、またひとつ間合の詰め方に目が開かれたようにござりまする」

そして夏は、座して面をとると恭しく頭を下げた。

「これで、心と体に技が備ったようにござるな」

竜蔵は、大きく頷いてみせた。

「長らくお手を煩しました」

夏は、額を床につけんばかりに低頭した。稽古着の襟《えり》から覗《のぞ》くうなじの細さが、これほどまでに強い女《ひと》を、儚《はかな》げに見せていた。

それは別れを惜しむ哀切《あいせつ》であろうか。

「明日は素面で立合《たちお》うてみましょう。それで、わたしは三田へと帰ろう」

「どうぞよしなに……」

この後、夏が新田道場を受け継ぐのか否か、菅沼仁八郎との決着をつけんとするのか否か――。

竜蔵は、それは問わずにこの日の稽古を終えた。

そして翌朝。

竜蔵は、素面で夏と対峙《たいじ》した。団野源之進の道場に呼び出された折。源之進は素面での稽古を所望した。あれはもしや、菅沼仁八郎の暴走が、やがて峡竜蔵の身にも降りかかるやもしれぬ、それを見越して稽古をつけてくれたのではなかったのか――。

竜蔵は、はたと思いいたり感じ入った。

夏は、ここで稽古をしてから、初めて緊張を浮かべていた。

この稽古を乗り越えたところに、心の師である峡竜蔵に認められる剣の極意がある。

そのように夏は思い定めていた。

「いざ参る！」

二人は、竹刀を交じえた。

峡竜蔵ほどの練達の士が相手となれば、それだけ素面での立合の危険も少なかろう。

しかし、だからこそ、見事だと言われるほどの立合をしてみたい。

夏はなかなか前に出られなかった。

竜蔵の竹刀が、正しく真剣に見えたのだ。

そして、おびただしい気迫と共に、それが実に重々しく己が間合に入ってくる。

若年の自分から打たねばならぬのはわかっている。しかし出られない。

「ええいッ！」

裂帛《れっぱく》の気合と共に、竜蔵が踏み込んだ。

夏は、てらいもなく体を引きつつ、竹刀を巻きつけるように竜蔵の小手を狙った。

竜蔵はそれをすりあげて、さらに前へ出る。

夏は駆けるように回り込んで、間合を切った。

そこからはしばし剣先の取り合いが続き、

「やあッ！」

と、夏が竜蔵に胸突きを決めんと、迷いのない技を繰り出した。

竜蔵は、身に迫る竹刀を打ち落すと、再び互いにさっと引いた。そしてそこで、

「これまでといたそう」

と、竹刀を引いた。

「互いの竹刀に真剣が見えた。これで、どのような立合も、平常心で臨めよう」

竜蔵のその言葉に、不覚にも落涙を禁じえぬ夏は、懸命にそれを堪えてしかめっ面をした。

その顔に、竜蔵は少女の頃の夏を見た。

六

峡竜蔵は、それから新田道場の門人二十名ばかりを相手に、軽く稽古をつけてやると、

「新田先生がお亡くなりになった今、この道場の行方《ゆくえ》はわからぬ。夏殿が跡を継ぐかどうかが、皆には気になるところであろうが、剣術道場を受け継ぐのは生半《なまなか》なことではない。夏殿とて、まだまだ皆と同様に、己が剣を磨きたいという想いもあろう。そこは汲《く》んで差しあげよ。ひとつ言えるのは、この峡竜蔵が何かの折にはきっと皆の力になろう。それゆえ、心おきなく稽古に励むがよいぞ」

そのような訓示を残し、最後の夜は夏と共に道場の庭で、真剣を抜きつつ型稽古で時を過ごした。

竜蔵は、色々と言ってやりたいことはあったが、夏も一人の剣客である。

玄道は世間を憚《はばか》って、夏にはほとんど自分以外の者とは立合をさせなかったものの、これほどまでの剣技を身につけているのだ。とやかく言うのは、女と思って軽んじていることになろう。

後は、夏の思うところに任せればよいのだ。

あれこれ言葉が出るのを抑えるためには、やはり稽古しかない。

ひとしきり、二人で夜の宙を斬《き》った後。

「この峡竜蔵にとっても、実のある一時となりましたぞ。ますます励まれよ」

竜蔵は、その言葉で板橋の稽古を締め括《くく》った。

「忝うございました」

夏は威儀を正すと、竜蔵に寄り添い星空を眺め、

「綾殿には申し訳ないことをしました」

ぽつりと言った。

「それは心配無用。剣客の妻としての覚悟はできている……」

「そういう綾殿が羨ましゅうございました。剣術など身につかずとも、峡先生の傍にいて、世話を焼いて時に気を揉《も》んで……。そういう日々こそが幸せではないかと……」

星影に、夏の顔が艶《なま》めかしく映った。

そうかもしれなかった。ちょっとした運命のいたずらで、三田二丁目の道場には、夏がいたかもしれなかった。

竜蔵は、ここへきて己が想いを吐露せんとする夏が愛《いと》おしく思えた。

何と応えれば、夏が満足するのか……。彼はそれを愚直なまでに求めたが、素晴らしい立合でぶつかり合った相手に、何を言っても無礼ではないかと思えて口ごもってしまう。

夏は目を閉じて、竜蔵に投げた言葉を嚙みしめていたが、

「でも、綾殿を羨ましゅう思うのは間違うておりました。剣を求めてきたればこそ、

峡先生とかように立合うことができた。その幸せを覚えられる女は、広い世間にわたくしただ一人なのでござりますから」

やがてさばさばとした表情となって、ほがらかに言った。

竜蔵には、その言葉のひとつひとつが、夏の自分への深い恋情であるとはっきりわかった。

立合の中でしか、互いに心を通わすことが出来ぬとは、何と空しくて切ない恋であろう。

恋という言葉さえ悲しく響く今宵《こよい》は、もう夏の季節の匂《にお》いがした。

「ここでの夏殿との立合は、生涯忘れられぬものとなろう……」

竜蔵は、そっと夏の肩に手をやり、

「この後のことは、ゆるりと考えるがよろしかろう。いずれにせよ直心影流の大義は、菅沼仁八郎には無《の》うて、夏殿にある……」

夏に真っ直ぐな目を向けると、やがて道場の客間へ入った。

こうして竜蔵は板橋から立ち去った。

夏は、竜蔵が門人達に訓示してくれた通り、師範の立場ではなく、臨時の師範代の体をとり、門人達と共に稽古に汗した。

天根槌太郎達は、このまま夏が道場を受け継ぎ、変わらぬ日々を送ることを望んだが、夏の気持ちが固まるまではと、ただ黙って稽古に通ってきた。

しかし、師の定まらぬ道場に不安を覚える者も多々あり、稽古場にやって来る門人は、十人ばかりになっていた。

そのような中でも、夏は黙々と稽古に励んだ。己が剣の極意を摑むまでは、ただ一人となってもここで剣の修行に励むつもりだと語りつつ、竜蔵が立ち去ってから五日目の夕。

夏は、早々に稽古を切り上げ、自室に籠った。

そして、門人達が帰ったのを見計らって、白い帷子《かたびら》に紺袴《こんばかま》を身につけ、髪は若衆髷《わかしゅまげ》。

腰には細身の大小をたばさみ、悠然と板橋を出た。

目指すは千駄ヶ谷の旗本屋敷であった。

峡竜蔵は、菅沼仁八郎の立廻《たちまわ》り先を作田哲次郎から聞き出したものの、その事実を伏せ、夏には伝えなかった。

しかし、夏はその辺りにいるお嬢様芸で剣を修めている女とは違う。

菅沼仁八郎の不穏と野望を肌で覚え、この男の立廻り先を密かに調べていたのである。

「少し足腰を鍛えて参ります」

娘の言葉を玄道は疑わなかった。

門人との稽古を終えてから、夏に稽古をつけるのが日課となっていたが、父との稽古の他は家事と道場の勘定方の差配をこなすばかりの夏であった。

道場に籠らず、時に外出をしている方が、玄道は父親として気が楽であった。

娘が一人で外出をするなど、世の親達はその方が心配であろうが、夏にそれは当てはまらない。

時には女らしく、野の花などを摘んで帰ってくると、厳格な表情を綻《ほころ》ばせたものだ。

微妙な親心を衝《つ》いて、その外出の間に、夏は菅沼仁八郎が、旗本屋敷に出入りしている様子を何度も捉えていた。

剣をもって、旗本に召し抱えられるなら、かえってありがたいと夏は思っていた。

仁八郎の剣は確かに大きな高みに達している。新田道場の中で、彼を越える門人はまずいないであろう。

だからといって、夏は仁八郎をまったく認めていなかった。

幼い頃より、父にまとわりついて剣術の稽古を見て、時に自分も竹刀を揮う。それが夏の何よりの楽しみであった。

そこで見た、赤石郡司兵衛、森原太兵衛、団野源之進。そして、峡虎蔵《とらぞう》、竜蔵父子――。

彼らの剣に比べれば、菅沼仁八郎の剣などはまるで小手先のものである。はったりとこけ威《おど》しと、自分より弱い者を見極める目に長《た》けているだけで、何よりも剣に心がない。

剣才を持ち合わせながらも、そのような性根では、この先も玄道の目指す剣を継承することなど出来ぬであろう。

驕った仁八郎は、夏を妻にして、手始めに新田道場を己が物にせんと考えていたようだ。

夏はそれを思うと虫酸《むしず》がはしる。仁八郎は、夏からまるで相手にされず、歯牙《しが》にもかけられぬ様子に、さぞ憤ったことであろう。

そのことが、仁八郎が玄道をないがしろにし始めた要因であったかもしれない。とどのつまり、玄道は仁八郎の不祥事を叱《しか》り、故郷へ一時帰したのだが、あの折にはっきりと破門を言い渡していれば命を落すことはなかったはずだ。

そこに父・玄道の人としてのやさしさがあった。そして、自分が峡竜蔵に後事を託さんとした父に反発し、三田へ行かねば、玄道と仁八郎の立合は起こらなかったのではないのか――。

あらゆる想いを胸に、夏は千駄ヶ谷へと向かった。周囲の者は仁八郎と決着をつけることに反対したであろう。

菅沼仁八郎などは相手にせずとも、自惚《うぬぼ》れと思い上がりが祟《たた》って、そのうち身を滅すに違いないと考えているからだ。

夏もそう思うし、性急に父の仇を討たなくてもよいであろう。後のことはさておき、今の仁八郎には、団野道場の俊英・男谷精一郎を痛めつけただけの腕がある。

この数日、峡竜蔵から剣の神髄を学んだつもりであるが、まだ自分がどれくらいの腕になっているかはわからない。

しかし峡竜蔵は、仁八郎の相手をするなとは一言も言わなかった。

剣客として生きていくにあたって、一度や二度は敵《かな》わぬまでも、命をかけた勝負に挑まねばならぬ局面があると、竜蔵は言った。

正しく夏にとって、今がその時だと思うのである。

そして、時を逸すれば、新田道場の恥辱をそそぐことは難しくなろう。

玄道は、老いて胸に病を抱えていた。

豪剣に見えて、実は人の弱点を見抜くに敏で、計略に長けているのが仁八郎である。

ここで夏が、すっと叩けば、その辺りの事情で玄道が敗れたと、世間は思ってくれるであろう。

女だてらに剣術を学ぶ。女のくせに師範を気取る。

これらの偏見が、夏の剣への道を多分に阻んできた。

しかし、これを逆手に取れば、仁八郎は夏の手の内を知らないし、たかが女と侮る想いが、きっと仇《あだ》になるであろう。

さらに、女に負けた仁八郎は、直心影流最強の剣士の称号を摑むどころか、玄道の病につけ込んで師を討った不届き者として悪名を残そう。

玄道の師範としての名誉は、夏を女ながらに名剣士として育てたことで面目を保てよう。

門人達を欺《あざむ》いてでも、憎き仁八郎は、今討たねばならぬのだ。

千駄ヶ谷の郷原邸へ乗り込み、防具は着けず、竹刀での立合を申し込んでやる。

断れば、女に臆《おく》したと吹聴してやるだけだ。

峡竜蔵には想いのたけを打ち明けた。もうこの世にし残したことは何もない。

郷原邸は、畑が広がる百姓地を横手に眺めて、南へ抜けたところにある。

これも探索済みであった。

日が陰ってきた。

千駄ヶ谷も、ところによっては武家屋敷と百姓地に挟まれた、寂しい通りが続く。

下道通り《したみちどお》へさしかかろうとした時であった。

傍《かたわ》らの杉木立の中から、石塊《いしくれ》がうなりをあげて飛んできた。

不覚であった。

郷原邸が近付き、あれこれと感慨に浸《ひた》ったのが油断を招いた。

日頃の鍛練によって、咄嗟《とっさ》に体が反応して、二つまでをかわしたが、ひとつがよけきれずに、左の脛《すね》に当った。

痛みには堪えられるが、足に痺《しび》れが走った。

それと同時に、三人の浪人者が姿を見せ、手に細身の鉄棒を持って襲いかかってきた。

「何奴……！」

夏は、気丈に抜刀して、三人を迎え撃った。

鉄棒の攻撃をかわし、一人の肩を斬ったものの、右の二の腕を打たれた。

さしたる痛手はないが、一瞬右手の力が抜け、痛みが収まるまでは左手一本で刀を揮わねばならなかった。

それでも、そこは夏である。さらなる一人が打ち込んでくるのをかわして、こ奴の右手に斬りつけた。

だが、左脛の痛みがまだ引かず、しっかりと踏み込めず、浅傷を負わせるに止《とど》まった。

「おのれ、誰に頼まれた……」

夏は、敵に声をかけ、間合を取らんとしたものの、それを読まれたか、三人は尚《なお》も無言で打ち込んでくる。

やっと右手の痺れが収まったが、左足の脛は腫《は》れてきて、存分に戦えない。

刺客は刀ではなく鉄棒を持っている。命を奪わんとしているのではなく、痛めつけんとしているようだ。

強盗の類《たぐい》か、それとも何者かの指金なのか。となれば、菅沼仁八郎の仲間かもしれない。

そこに考えが及んだ時。

「大事ござらぬか！」

駆けつけた武士がいた。

助けに入ったのは、何と菅沼仁八郎であった。

三人の刺客は、仁八郎の姿を見てさっと逃げ出した。

その場には二本の鉄棒が落ちていた。

「何だ。夏殿か……」

仁八郎は鉄棒を拾い上げながら、小さく笑った。

「菅沼仁八郎……。礼は言わぬぞ」

夏は憎々しげに応えると、仁八郎に対峙した。

「先生は、お亡くなりになったそうな」

仁八郎は、悪びれずに言った。

「ほう、それを知るというは、少しは気にかけていたようだ」

「気にはなっていた。死なれでもすれば、男勝りの娘に仇呼ばわりされるであろうからな……」

「仇に相違ない」

「言っておくが、あれは先生が望まれた立合だ。真に迷惑千万」

「迷惑だと？ ようもぬけぬけと……。師を打ち倒し、姿を消したというは、己が後ろめたさゆえであろう」

「おれが姿を消さねば、門人達は皆、おれに討たれていたところではなかったかな」

「おのれ……」

「今は、郷原様の御屋敷に乗り込まんとする道中か」

「いかにも」

「女一人で乗り込まんとはよい度胸だ。ここで出会うたのも何かの縁であろう。幸い人はおらぬ。望みとあらば、決着をつけるとするか」

仁八郎は不敵に笑った。

「言っておくが、女でも遠慮はいたさぬぞ」

夏は気色ばんだ。

女であることを揶揄《やゆ》されただけではない。新田玄道の死について、まるで何とも思っていない、その様子が堪《たま》らぬほど癪《しゃく》に障ったのである。

今の激闘で負傷した左脛が、まだ元に戻っていないが、夏はその痛みを怒りによる気分の高揚で忘れていた。

「これでいくか？」

仁八郎は、先ほどの物盗りが落していった鉄棒を掲げたが、この勝ち誇った表情で自分を見下す父の仇には、何もかも逆《さから》いたくなる。

「はて、命が惜しいと見える」

夏は嘲笑《あざわら》うように言った。

「そんな鉄の棒は捨て置くがよい。勝負は真剣にて仕ろう」

夏は、ゆっくりと太刀を抜いた。

「真剣だと……？」

「菅沼仁八郎、臆したか」

「ふん、父娘《おやこ》共々死なせるのは忍びないと思うたのだ」

仁八郎は、緊張を浮かべながらも、精一杯の虚勢を張って、自らも太刀を抜いた。

仁八郎には勝つ自信があった。

――馬鹿な女だ。

胸の内で嘲笑いつつ、杉木立の中へと夏を誘った。滅多に人は通らぬが、ここならば人目にもつくまい。

「互いに遺恨を残さぬようにな」

「心得た……」

しっかりと頷く夏に、

「参る！」

仁八郎は一転して激しく斬り込んだ。

夏は軽く受け流した。

初めての真剣勝負であったが、峡竜蔵との素面での立合によって、竹刀に真剣を見た夏にとっては、思った以上に恐怖がなかった。

八双に構えて仁八郎を睨みつけると、仁八郎の顔からは玉のような汗が吹き出していた。

仁八郎とて、真剣での立合は初めてのようだ。

「女の相手などしておられぬ」

と、内心でうそぶき、玄道が門人達に気遣って、自分以外の者とは、ほとんど立合をさせなかったのをよいことに、まるで夏を相手にしてこなかった仁八郎である。

臆さず、軽やかな太刀捌《さば》きで白刃を煌《きらめ》かす夏の前に、動揺を隠せなかったのである。

それでも勝ちへのこだわりは誰よりも強い。仁八郎は、夏が怒りと興奮のあまり左脛を痛めているのを忘れてしまっていると冷静に見極めていた。

「それ！　それ！」

仁八郎は、太刀を切り返しつつ、右から左から袈裟《けさ》に斬りつけた。

夏はしっかりと太刀で受け止め、払いのけたが、重圧をかけられて後退を余儀なくされた。

ここでしなやかに体をのけぞらせ、左足に力を溜《た》めて一気に前へ出るのが夏の身上である。それが、左脛の痛みが引かずままならない。

その場の勢いで真剣勝負に出たのが災《わざわ》いした。

夏は、はっきりとそれを悟ったが、どのような状況に置かれようが、その場を切り抜けて相手を倒す。そこに剣の極意があると、父・玄道は言った。

「峡竜蔵をよく見ておくがよい。あ奴の剣は実に荒削りで師範達からの覚えはめでとうはないが、ここぞという時は誰よりも強いはずじゃ。ふふふ、あの暴れ者は喧嘩馴《けんかな》れをしているのであろうな」

楽しそうに竜蔵を論じていた姿が思い出された。

今、剣を交じえてみると、仁八郎の剣は、ただの〝弱い者いじめ〟に徹したもので、甚だつまらない。

しかし、敵の弱点を衝くに長けた剣もまた、今は竜蔵の喧嘩馴れに似た強みを発揮していた。

夏が重圧を支えきれないと見るや、仁八郎はすかさず大胆にも鍔迫り合に持ち込んだ。

「おのれ……」

夏は憤怒《ふんぬ》の声をあげた。仁八郎の襟と手首には鎖帷子《くさりかたびら》が仕込まれてあるのが窺《うかが》い見られたからであった。

これならば、鍔迫り合に持ち込んだとて、恐《こわ》くはあるまい。武士の心得と言えばよかろうが、仁八郎は夏が郷原邸に向かっていることを察知していたのに違いない。

——すると最前の物盗りの浪人達も……。

それに思いいたった時、

「それッ！」

仁八郎は、夏の左脛を蹴りとばした。

夏は堪えきれずに足をつき、その刹那、太刀を叩き落されていた。

七

「さて、真剣勝負は、どちらかが死ぬのが定めだ。女を斬るのは好みではないが、お前を生かしておくと後々うるさそうだ……」

菅沼仁八郎は、夏の目先に白刃を突きつけると、残忍な笑みを浮かべた。

どこまでも卑劣な……。まだ何か手があるならば、せめてこ奴に一太刀返したい

——。

夏は観念したかのように、その場に手をつき、目くらましの土を握った。

同時に仁八郎が、

「死ね！」

と、叫んだ。

しかし——。

「うッ！」

仁八郎はすぐに額を押さえて後退《あとしざ》りした。俄《にわか》に何者かが、彼の額に石塊を投げつけたのである。

「何奴……！」

仁八郎は、杉木立の中に現れた一人の武士を見て顔をしかめたが、夏の顔には朱がさした。

「おれは、三田二丁目の峡竜蔵だ」

「峡竜蔵……」

「汚ねえ真似《まね》をするんじゃあねえや。この剣客気取りが！」

辺りはすっかりと日が暮れてきて、仁八郎は目をこらしつつ、確かにこの武士は、以前何度か見かけたことのある、直心影流において〝名物〟とされている峡竜蔵だと気付いた。

「汚ない真似？　この菅沼仁八郎に、真剣での勝負を求めたのは、この女だぞ」

おかしなところへ嫌な男が出てきたものだと、仁八郎は歯噛みした。

「何も汚ない真似はしておらぬと言うのか」

竜蔵が振り向くと、町の衆と浪人に縄を打たれ引っ立てられてきた武士の姿があった。

そ奴は、先ほど夏をいきなり襲った浪人者の一人であった。

「この男が言うには、菅沼仁八郎に頼まれて、三人で夏殿を襲ったそうな……」

「そんな奴は知らぬ！」

仁八郎は強弁したが、

「やはりそうか。こ奴らは、お前の仲間であったのだな！」

夏が叫んだ。

「まあ、後でじっくりと調べればわかることだ。通りすがりの町の衆が捕えてくれてな……」

竜蔵は淡々と言葉を重ねた。

仁八郎は、夏の来襲を予想し郷原家の後押しを得て、新田道場を見張らせていた。

そしてこの日。夏が千駄ヶ谷に向かっているとの報せを受けたので、物盗りに見せかけた三人を送り、まず襲わせた。それからその場に出向き、賊を追い払ったふりをして、手負いの夏と戦おうとしたのである。

だが、そんな悪巧みを読むのは、お手のものの竜蔵は、一旦三田二丁目に戻った後、すぐに板橋へととって返し、宿場の旅籠にこっそりと逗留した。

それに付合ったのが、芝の顔役・浜の清兵衛《せいべえ》の乾分《こぶん》達と、今では芝浜で漁師として暮らす、かつての人斬り・五十嵐左内《いがらしさない》であった。

――夏は必ず近いうちに千駄ヶ谷の郷原屋敷に乗り込む。

竜蔵はそれを確信して、日々、夏の動向を安次郎《やすじろう》達、清兵衛一家の乾分達に見張らせたのである。

そして今宵。遂に出陣した夏の跡をそっと皆で追った。峡道場の弟子達を使わなかったのは、直心影流に内訌《ないこう》が生じていると、世間に思わせてはならないであろうとの、竹中庄太夫の考えであった。

通りすがりの町の衆が、偶然に菅沼仁八郎の悪事を目にした。そこへ新田道場を訪ねる道中の峡竜蔵が、たまさか行き当った。

見えすいた方便かもしれないが、それでも表向きは取り繕っておくべきだと、庄太夫と竜蔵の間で話はまとまったのである。

そしてこんな時は、清兵衛一家が頼れる存在だ。安次郎が竜蔵の頼みに喜び勇んで音頭を取って、剣の達人・五十嵐左内も加わった。

皆が、峡竜蔵の助っ人に出向くことにわくわくとしていた。

すると、竜蔵の読み通り、夏を浪人者が襲って、仁八郎に追い払われた体で逃げてきた。

仁八郎が助けるふりをしたことと、夏が足を負傷したのは想定外であったが、竜蔵は夏の気がすむようにさせてやろうと、左内と二人で、三人を打ち倒し、通りすがりを装った安次郎達が見守る中、悪事を吐かした。そして夏をそっと見守り、劣勢と見るや止めに入ったのである。

「おう、そこのお武家さんよう。何が真剣勝負だ！　汚ねえ真似をしやがって、見ちゃあいられねえぜ！」

安次郎が仁八郎に叫んだ。

「そうだ、そうだ！」

乾分達がこれに続いた。

「峡殿、片やの武士が不正を働いたとなれば、助勢してさしあげるのがよろしかろう」

左内が、しかつめらしい顔で言った。

「左様じゃな。菅沼仁八郎、そちの師・新田玄道先生は、我が師・藤川弥司郎右衛門先生の弟弟子であったお方だ。夏殿との勝負は、おれが代って相手になろう」

竜蔵は、つかつかと前へ出た。

「峡先生……」

夏は、竜蔵の傍へ寄り、膝をついた状態でひっしと、恋《こ》うる男の目を見つめた。自分のためにここまで世話を焼いてくれたのである。夏は声に出せぬ幸せを覚えていた。

「菅沼、逃げてもいいぜ……」

竜蔵は、夏に大きく頷くと、仁八郎に低い声で言った。

「馬鹿な。目障りな男を、いつか斬ってやろうと思っていたところだ」

仁八郎は、卑怯《ひきよう》ながらも夏に勝利して気が高ぶっていた。

「そうか……。通りすがりの衆、そ奴をどこか番屋へ連れていってくれぬかな」

「合点承知……！」

安次郎達は、ぐるぐるに縄で縛りつけた浪人を、引っ立てていった。

五十嵐左内は、竜蔵に目礼をして、連中を守るようにしてその場から立ち去った。

「さてと、これで三人だけだ。夏殿は手出し無用に。いざ……」

竜蔵は袴の股立《ももだち》をとると、刀の下緒で襷《たすき》を十字に綾なし、ゆっくりと抜刀した。

その迫力に、仁八郎は圧倒された。

先ほどの夏との激闘で、体はほぐれていたものの、手負いの夏とは、まるで違う剣気が竜蔵の総身から放たれている。

「新田先生との立合は、先生が望んだものだ。思わず打った技が先生の命を奪ったのは、剣客同士が立合った上のことゆえ仕方がなかろう。だが、お前は今、卑劣な真似をして、夏殿を殺そうとした。正々堂々と勝負をしたのなら、たとえ夏殿が斬り死にをしたとて、おれは黙って見届けたかもしれぬが、お前は直心影流の恥だ。覚悟しろ」

竜蔵は、こんこんと因果を含めた。いきなり立合ってもよいが、同じ流儀にいて剣を学んだ同士である。そうせずにはいられなかった。

「ふん、もうお前の時代は終ったのだ。思い知らせてやる！」

仁八郎は、痺れを切らしたかのように、真っ向から斬り付けた。

そうせねば、恐怖を振り払うことが出来なかったのだ。

竜蔵はその一刀を下から撥《は》ねあげた。美しい火花が散って、杉木立の中は夢幻の世界と化した。

「うむ、よい打ちだ」

竜蔵は、ニヤリと笑うとそこからは一気に間合を詰めて、仁八郎の刀を払い、そのまま突きながら前に出た。

仁八郎は後退しながら、それを堪えて反撃の時を窺うが、じりじりと迫りくる竜蔵の刀の切っ先が、それをさせない。

竜蔵はすっかりと仁八郎を呑《の》み込んでいた。

斬り合い、殺し合いに大義を見出《みいだ》せぬ者は、〝これでよいのか。ここで命をかけてよいのか〟、そのような自問がふと浮かぶものだ。

そして、その気の迷いが隙を生む。

——存外に弱い奴よ。

「ええいッ！」

竜蔵は、耳をつんざく掛け声を発して、そのまま前へ出て、電光石火の突きを、体をぶつけるようにして繰り出した。

すっかりと竜蔵に間合を摑まれ、魔神のごとき咆哮《ほうこう》に、思わず体が上ずった仁八郎の腹に、竜蔵渾身の突きが見事に決まった。そこは鎖帷子に覆われていなかった。

「む、無念……」

仁八郎は口から血を吐き出しながら、一言唸《うな》ると、その場に崩れ落ちた。

竜蔵は一瞥《いちべつ》もくれずに、刀の血を懐紙で拭《ぬぐ》い、納刀すると、

「夏殿、参ろうか……」

「はい……」

感動に目を腫らす夏と並んで、すっかりと日暮れた田舎道を歩き出した。

八

蟬《せみ》の声がかまびすしい。

それ以上に、三田二丁目の峡道場は騒がしいことこの上ない。

この日。直心影流第十二代的伝・団野源之進が、竜蔵を訪ねてきたのである。

源之進は、一通り峡道場の門人達の稽古を見所《けんじょ》から眺め、時に立ち上がって、稽古場へ下りて一人一人に助言を与えると、それからは竜蔵の自室で向かい合い、源之進が門人に担がせてきた灘《なだ》の酒を楽しんだ。

「この度は、あれこれと苦労をかけてしもうたようじゃ。まず、詫《わ》びねばならぬな」

源之進が頭を下げた。

「とんでもないことでござりまする。これで少しは、新田先生への御恩返しができた

というものでござる」

竜蔵は首を振ってみせた。その後、旗本・郷原家は、菅沼仁八郎などまるで知らぬと取り繕い、沈黙を決め込んだ。

「しかし、菅沼仁八郎は斬って捨てるしかなかったのか。いささかそのことが気にかかりまする」

竜蔵の嘆きに、源之進は神妙に頷きながら、

「嫌な想いをさせてしもうたが、竜蔵殿が斬らずにおくならば、この源之進が斬るつもりでいた」

「それならば、奴と果し合いをした甲斐《かい》がございました」

「あれしきの腕で思い上がり、下手な策を弄する。斬らねば、何人かの尊い命が、奴の手で奪われるところであった」

きっぱりと言い切る源之進の言葉に、竜蔵は随分と助けられた。

「夏殿は、二年ほど廻国《かいこく》修行に出たいと言っているそうな……」

「はい。旅へ出て、もう一度自分の剣を見つめ直し、それから新たな道を切り拓《ひら》きたいと」

「うむ、それもよいかもしれぬな。して、新田道場の師範はいかがいたす?」

「わたしに任せるということですから、時折は出稽古を承るつもりにございますが、程《ほど》ヶ谷《や》にいる中川裕一郎《なかがわゆういちろう》を呼び戻し、師範に据えようかと思っておりまする」

「中川裕一郎……。おお、長沼道場で師範代を務めていた。なるほど、あの者ならば新田先生の荒々しさも、剣術への理念も共に持ち合わせていよう」

「程ヶ谷よりは、江戸に近うござるゆえ、この先は何かとあ奴を引っ張り出すこともできましょう」

「ふふふ、峡竜蔵の弟分というところじゃな」

「畏れ入りまする」

「夏殿が旅から戻った時は、この団野源之進が、あれこれ相談に乗ろう」

「そうしてくだされば嬉しゅうござりまする。わたしでは、心もとのうござりますゆえ」

「心もとないとは奥ゆかしいことじゃ」

「お許しくださりませ」

「いやいや、今日訪ねて参ったのは、新田道場の件についての礼と、折入って竜蔵殿に相談があってのことなのじゃ」

「大した知恵はござりませぬが、何なりと」

「ありがたい……」

源之進は、それから一刻（約二時間）ばかり、公儀から問い合せを受けたという重要な話を竜蔵に持ちかけ、やがて本所亀沢町へと帰っていった。それから竜蔵は、源之進から何か大変な課題でも与えられたのか、稽古の合間に考え込むようになった。

そして、その三日後に、今度は男装の旅姿の夏が峡道場へやって来て、先日来の礼を恭しく述べた後、旅へ出る暇乞《いとまご》いをした。

「峡先生を何かというと振り回し、板橋へお止めしてしまいましたこと。何卒《なにとぞ》、何卒お許しくださりませ」

その折、夏は綾に何度も頭を下げたものだ。

綾は目をきょとんとさせて、

「お気遣いは無用にござります る。剣術師範として御役に立てたことを誇らしげに思うておりました。この先、夏殿の剣名を耳にする度に、お懐しく、嬉しゅう思うことでござりましょう」

こともなげに言った。

そうして玄関まで見送ると、後を竜蔵に託しつつ、別れを惜しんだのである。

「団野先生が気になされていたよ。江戸へ帰った後の夏殿の身の振り方についてな」

「それはありがたき幸せ……」

「いっそ、町の女房達のように、たくましく、ほがらかに、日々の幸せを求めながら暮らしてみるのもよいかもしれぬな」

「なるほど。それもおもしろそうにござりますが、わたくしにはまるで務まりませんし」

「そうかな……」

「はい。綾殿のような肚《はら》の据った妻にはなれませぬゆえ」

夏は、悪戯っぽく笑った。

自分が綾の立場であるなら、竜蔵が剣術によって、夏と心を通わせている、そんな様子をそっと見守ってはいられないであろう。

差し入れなどと称して、自ら足を運び、意地の悪い目で見たかもしれぬ。

夏はそう言いたかったのであろう。

竜蔵の脳裏に、あの星空の下で、思いの丈をぶつけてきた夏の、伏し目がちに潤んだ瞳《ひとみ》が蘇《よみが》えってきた。

それを見極めたかのように、

「さらばにござりまする」

夏は万感の想いを一言に込めて旅発《たびだ》った。

竜蔵は、複雑な想いに心が揺れたが、

――まあ、おれもまだ女にもてるってことだな。捨てたもんじゃあねえや。

自分自身に茶化すように言って、玄関へと戻った。

綾はまだそこに座っていた。

「せっかく、久しぶりにお会いしたというのに、またすぐに旅発たれて、寂しゅうございますねえ」

彼女は竜蔵の顔を見つめて、しみじみと言った。

――綾は、おれが板橋にいる間。何を考えていたんだろうな。

綾の澄んだ目の光の向こうには、鬼が棲《す》む闇《やみ》があるのではなかろうかと考えさせられて、

「何を難しいお顔をなされているのですか」

にこりと頬笑む妻の顔にどぎまぎとした。何かさらりと話題を変えたかった。そして、今それに相応《ふさわ》しい話があった。

「そりゃあ難しい顔もしたくなるというものだ。実はな、近頃、御公儀で、武芸修練所なるものを設けてはどうかという話が出ているそうなのだ」

「御公儀の武芸場を設けるというわけですか」

「ああ、それで、団野先生がそこの師範におれを推すつもりなのだが、どんなものだろうかと……」

「そのように仰せになったのですか？」

「そういうことだ」

綾の顔が童女《どうじょ》のように輝いた。

この約四十年後に、男谷精一郎が奉行となる講武所が創設される。この武芸修練所の構想がその前身となったかは定かではないが、峡竜蔵にとって師範に推されることは大きな名誉である。夫の出世を、ただ素直に喜ぶ綾の様子を見ていると、その折は源之進に、

「あまりにも重責にござりますれば、ちと考えさせてくださりませぬか……」

などともったいをつけ、即答出来なかったことをいかに報せればよいか――。

この糟糠《そうこう》の妻を、手放しに喜ばせてやれぬ自分を思うと、

――剣客として生きるその先に師範への道があるのならば、これはますます思案のしどころだ。

やはり竜蔵の顔には難しい表情が浮かんでいたのである。

時代小説文庫
お 13-20

追《つい》憶《おく》 新《しん》・剣《けん》客《かく》太《たい》平《へい》記《き》㊈

著者 岡《おか》本《もと》さとる

2018年8月18日第一刷発行

発行者 角川春樹

発行所 株式会社 角川春樹事務所
〒102-0074 東京都千代田区九段南2-1-30 イタリア文化会館

電話 03(3263)5247[編集] 03(3263)5881[営業]

印刷・製本 中央精版印刷株式会社

フォーマット・デザイン＆シンボルマーク 芦澤泰偉

ISBN978-4-7584-4190-2 C0193

http://www.kadokawaharuki.co.jp/[営業]
fanmail@kadokawaharuki.co.jp[編集] ご意見・ご感想をお寄せください。
本書は、ハルキ文庫(時代小説文庫)の書き下ろし作品です。